Franziska König

Das Lebewohl

Erinnerungen

Für meine liebe Freundin Veronika!

BoD – Books on Demand
© Oktober 2021 von Franziska König
Titelbild: Kunstvolles Gemälde von Wolfram König
Covergestaltung: Agentur Baumfalk Aurich
Herstellung und Verlag: BoD –Books on Demand Norderstedt
ISBN: 9783754341278

Franziska (Kika) mit ihrer Violine – fotografiert von ihrer lieben Freundin Ute Bott aus Rottweil.

„Wenn ich dereinst verstorben bin, so schweigt auch meine Violine!" sagt sie.

Und drum bringt Franziska alle vier Wochen ein schlankes bis vollschlankes Taschenbuch heraus.

Erzählt werden Geschichten aus ihrem Leben, die von erhöhtem Interesse sein dürften.

Jeden vierten Dienstag um 18.05 wird das fertige Manuskript in die Umlaufbahn entsandt.

Die meisten Vorkömmlinge
finden sich im Personenverzeichnis
am Ende des Buches

Hier die Familie vorweg:

Opa (Künstlername: Pannonius), (*1909) Opa
mütterlicherseits in Ofenbach (Niederösterreich)
Omi Mobbl, (*1910) Oma mütterlicherseits
Oma Ella, (*1913) Omi väterlicherseits in Hessen
Buz (Wolfram), unser Papa (*1938) Professor für
Violine an der Musikhochschule in Trossingen
Rehlein (Erika), meine Mutter (*1939)
Ming (Iwan), mein Bruder (*1964)
(Fast alle wurden im Laufe der Jahre umbenannt. Wie das so ist
im Leben.)

Ein Buch ohne Vorwort.
Sie können gleich anfangen zu lesen…

Juli 1999

Donnerstag, 1. Juli

Überirdisch schöne Wetterlage!
Tiefblauer Himmel in glitzerndem Gold

Der Opa leidet sehr darunter, daß ich – mit 36 Jahren an der Schwelle zum Herbst des Lebens stehend - noch immer nicht unter der Haube bin. Drum erzählte ich dem Opa von den japanischen Partnerschaftsvermittlungs-Tamagochis, die sich ein unverehelichter Mensch um den Hals hängen kann, um damit in die überfüllte U-Bahn von Tokyo zu steigen, die eine Fülle an passenden Partnern birgt.

Shigeru, 29, höflich, arbeitsam, genügsam und sauber, sucht eine Frau mit folgenden Wesenszügen: Hübsch, sauber, höflich, gehorsam.

Gelegentlich piepst irgendwo ein Tamagochi mit *seiner* Melodie auf. Da aber die Pendler ölsardinenartig zusammengepfercht, und hinzu immer in Eile sind, fällt´s zuweilen schwer den passenden Piepston zu orten.

„In Ikebukuro hätte heute jemand zu mir gepasst. Doch diese Dame ist mir schon wieder durch die Lappen gegangen!" erzählt er daheim beim Mittagessen.

„Verlier Deinen frischen Mut nicht!" rät der Vater, „eines Tages wirst auch du fündig, mein Sohn!"

Knapp und bündig sind im Tamagochi 16 Eigen- bzw. Nichteigenschaften einprogrammiert: Vier

Wesensmerkmale oder Eigenschaften die man mitbringt (a), vier die man vom Gegenüber erwartet (b), vier die man NICHT wünscht (c), und vier mit denen man nicht aufwarten kann (d).

In meinem Fall sähe die Programmierung folgendermaßen aus:

a) Humorvoll, anschmiegsam, verständnisvoll, gemütlich

b) Herzlich, Plauderschwung auslösend, auf Humor ansprechend, sich den Gegebenheiten anzupassen verstehend

c.) Religiös, fußballfanatisch, rauchend, von grämlichem oder gar grantlerischem Grundcharakter!

d.) Politisch etwas zu sagen habend, modebewusst, sportlich, zupackend.

Abends schien es mit Omi Mobbl zuende zu gehen. Der Opa telefonierte mit den Verwandten:

Auf rührende Weise unterhielt er sich mit seiner Exschwiegertochter Antje in Bonn.

Warm und liebevoll sagte er: „*Mir* geht´s so gut, daß ich der Mutti gern die Hälfte von meinem Wohlbefinden abgeben würde!"

Deutlich weniger warm sprach er zu seinem jüngsten Sprössling, dem Onkel Andi, der in Brandenburg, am Vorabend zu seinem 50. Geburtstag stehend, auf eine große fröhliche Gästeschwemme eingestellt war:

„Um es knapp zu formulieren: Die Mutti liegt im Sterben!" formulierte der Opa knapp.

Ich selber saß an Mobblns Bett und weinte, aber meine Anteilnahme erreichte die Mobbl nicht mehr.

Der Opa versuchte sich nützlich zu machen, und drosch vergebens mit der Klatsche auf eine Mücke ein, die jedoch *hinter* der Fensterscheibe auf dem Fliegengitter herumturnte, so daß ihr die ungestüme Drescherei des alten Mannes nichts anhaben konnte.

Bedrückt nahmen Ming und ich ein kleines Abendessen auf der Terrasse ein.

Ich dachte darüber nach, wie das wohl sei, ständig mit Leichenbittermiene neben Mobblns Bett zu sitzen und zittrig besorgte Plattitüden vorzutragen. Wäre es nicht angebrachter, Mobbl mit warmen und fröhlichen Worten auf´s Paradies einzustimmen?

„Und grüße mir meinen Großonkel Karl!"

Auf dem Abendspaziergang mit Ming sprach ich darüber, wie schön das jetzt wäre, wenn ein Tagebuch über die 66 Ehejahre von Opa und Mobbl existierte! Ich rechnete mir aus, wie lange man daran herum lesen müsse, und kam auf dreihundert Tage à zehn Stunden! (Gesetzt den Fall, das Diarium wäre so ausfürlich wie das Meinige.)

Oder aber, man müsse fünf Jahre lang täglich *eine* Stunde lesen. Dies lohne die Mühen, denn hernach hätte man die ganzen 66 Jahre intus – grad so, als hätte man sie selber erlebt!

Freitag, 2. Juli

Zur Mittagsstund´ etwas diesig und stickig,
so als wisse das Wetter nach Mobbls Exitus
nicht mehr so recht, was es wolle…
abends sehr sommerlich und schön

Leider war es uns nicht vergönnt, die Oma
nochmals zu erwecken, aber anders als dereinst Frau
Schütz mit dem Opa in Bangkok hab ich´s nicht mit
Brachialgewalt versucht.

**Damals im Jahre 1971 war der Opa (61 Jahre jung)
derart tief in einen todesähnlichen Schlummer
versunken, daß man ihn nur noch mit Brachialgewalt zu
wecken vermochte**

Wir standen an Mobblns Bett, blickte auf sie hinab,
doch man erreichte unsere süße Omi nimmer.

Ich lief durch den Wald und stellte mir vor, daß
sich jetzt, da Mobbl in einen todesartigen Schlummer
versunken war, das ganze Leben nochmals von
hinten in ihrem Gehirn aufblättert?

Immer wieder überlegte ich, wo sie jetzt wohl
angelangt sein mag? Wie der Opa immer hübscher
und jünger wird, und immer besser hört, die Liebe
immer mehr aufblüht, und wie Rehlein „dabinse!“
sagt, bis hin zu dem Sommertag im Jahre 1910 in
Stuttgart, als der Storch uns die damals ofenfrische
Mobbl gebracht hat.

Nun war man wieder am ersten Kapitel angelangt.

Daheim wirkte der Opa ganz klar, gefasst und vernünftig.

„Da kann man nichts machen!" sagte er. „Niemand in ihrer Familie ist so alt geworden!"

Doch beim Telefonat mit Rehlein münzte der Opa hohndurchsetzte Worte auf den Dr. Bogad, der sich nicht erreichen ließ, da der Opa außerhalb der Ordinationszeit anrief.

„Die Herren müssen ja alle schwimmen gehen, nicht wahr?" sagte er, und wenig später hörte man ihn noch durch´s Telefon wüten: „Die Ärzte haben auch den Hagi auf dem G´wissö!"^{Gewissen}

Ming war so pietätvoll, und legte Mobbln die Goldbergvariationen ein.

Wenig später kam die Schwester Christine, die mit so einem sympathischen Tiroler Akzent spricht, und die wir alle sehr ins Herz geschlossen haben.

Die Schwester hat eine ganz blasse Ausstrahlung bekommen, als man mit ansehen mußte, daß es mit Mobbln nun tatsächlich zuende geht.

Immer wenn man nach der Oma schaute, lag sie in unverändertem Zustand da. Die Batterie war leer – Mobbls Hände waren schon ganz blau angelaufen, und ich weinte immer mehr. Die Schwester nahm mich so freundlich in den Arm, und drückte mich voll Mitgefühl an ihren weichen Busen.

Dann telefonierte sie eine andere Schwester herbei: Die Schwester Gabi, die ebenfalls so freundlich war. Obwohl sie Mobbl gar nicht gekannt hatte, weinte sie später an unserem kleinen Tischlein, und sagte so rührend: „Ich bin auch net so broufessionell!" Ich bin auch nicht so professionell

Heute um 10 Uhr 58 verstarb Mobbl.
Mobbl lag ganz blass mit geöffnetem Mund auf dem zum Katafalk mutierten Nobelbett.

Der Opa saß zunächst nach Art von Hiob im grünen Sorgenstuhl, und als Ming ihn liebevoll an den Schulterblättern anfasste, sagte er: „Laß mi nur!" und schlurfte in sein Zimmer, so daß man ihm gar nicht gescheit beistehen konnte.

Mir war zumute, als sei mir ein riesiges Stück Fleisch hinweggesägt worden. Ab und zu saß ich stumm neben dem Opa, nicht wissend, was ich für eine Plattitüde von mir geben solle, doch erstaunlicherweise war es der Opa selber, der sich trotz seiner Glatze immer wieder an den eigenen Haaren aus dem Sumpf des Grams, in den man zu versinken droht, herauszuziehen verstand.
Immer wieder hörte man ihn ausrufen: „90 Jahre! Was will man da machö?"

Ming war die ganze Zeit so tüchtig, und saugte oben so schön für die Verwandtschaft herum.
Ich krümelte auch ein wenig im Haushalt, doch es handelte sich mehr um ein Uromigekrümel, wo man hernach nicht viel sieht.

Der Opa ist noch auf das Bett gestiegen um Mobbl von oben zu fotografieren, doch ich spürte Mobblns Aura schon gar nicht mehr, und jenes Gefühl, das mich früher immer beschlich, wenn´s ums Verabschieden ging, daß ich aus Angst, dies sei vielleicht der letzte Anblick immer wieder hinschauen mußte, blieb aus. Von mir aus hätte ich keine Fotos von Mobbln auf dem Katakalf geschossen.

Zur Mittagsstund´ war der Opa grämlich, da der Doktor Doc kommen mußte, um den Tod amtlich zu bestätigen.

„Den wollen wir gar nicht sehen!" sagte der Opa, dem die Welt ohne die Mobbl schal geworden war. Einmal sagte er: „das Leben ist vorbei. Auch für mich!"

Worte die mich nachhaltig traurig stimmten.

Davon weinte ich noch viel mehr.

Man konnte mit ansehen, daß sich aus Opas moribunden, wahrscheinlich seit 1960 stillgelegten Trändendrüsen mehrere Tränen wrangen.

Ming hatte einen Rundmail an die Verwandten verfasst:

„Liebe Anverwandte!" schrieb Ming, „wir weinen. Der Opa weint!"

Der Doktor Doc war nur kurz da, um einen Blick auf die Verblichene zu werfen, jedoch sei er, so Ming, trocken und unpersönlich gewesen.

Mittags kamen zwei pietätvolle, stille Sargträger, die Mobbl hübsch anzogen: Mit einem zierenden, geblümten Kostüm, und sogar mit Korselett und Strümpfen, und schließlich in den Sarg aus einem freundlichen hellen Holz betteten.

Wir waren froh, daß sie Mobbln das Kruzifix nicht in die Hände gedrückt haben.

Am Sarg selber haben weder Ming noch ich Abschied nehmen mögen, da Mobbl ja keine Aura mehr hatte.

Abends um Sieben kam uns die Schwester Christine nochmals besuchen, und tatsächlich gelang es ihr, den Opa ein wenig aufzuheitern, so daß der Opa ein paar Späße riss und lachte.

Im Dorf trafen wir die Gastwirtin Frau Thurner mit der kleinen Caroline. Man stünde vor dem Sommerurlaub, doch Frau Thurner freut sich nicht auf Italien, da ihr rasch langweilig wird, wenn sie nicht arbeitet. Ähnelnd Buzen liebt sie ihre Arbeit, und ist mit dem ganzen Herzen dabei.

Wir liefen weiter, und Ming erzählte mir vom Onkel Rainer, und wie er am Telefon doch relativ sachlich auf Mobblns Ableben reagiert hat.

„Viele Kondouls* von *Sharyn* und mir!" soll er gesagt haben.

Kondolierungen? (Rainers Deutsch ist mit den Jahren etwas porös geworden)

Auf dem Heimweg hatte ich vom vielen Weinen Kopfschmerzen bekommen, und außerdem war meine eine Kontaktlinse schleimig und schmierig geworden. Es fühlte sich an, als laboriere ich am grauen Star.

Ich wünschte mir plötzlich so glühend, ich wäre von einer Zecke gebissen worden, bekäme eine Meningitis und verstürbe noch am gleichen Abend.

Oben telefonierte der süße Ming mit Linda und Beate in Sequim über Mobblns Tod, und man hörte die Beate mit ihrer Lilli-Palmerhaften Stimme gefasst reden. Mich wollte sie auch sprechen, doch ich mochte jetzt keine Ratschläge auf amerikanischer Lebenshilfebasis hören. Ich lag auf dem Teppich und weinte.

Ming erzählte der Linda, wie Mobbl zu ihrer letzten Fahrt durch die Kalgasse abgeholt wurde, und der Opa ganz verloren am Gatter stand und ihr nachblickte…

Dann redete Ming so nett zu mir, und erzählte, daß es nicht in Mobblns Sinne gewesen wäre, ewig weiter zu trauern. Ming sprach so schön, daß ich stolz auf ihn war.

Abends sagte der Opa noch so rührend: „Weißt du, die Mobbi war ein Teil von mir!"

Der Opa saß im Sorgenstuhl und murmelte immerzu vor sich hin: „Ja Mobbl…"

Samstag, 3. Juli

Wunderschön

Mich fühlend, wie ein vollgesogenes, schweres altes Wäschestück erwachte ich in den frühen Morgenstunden. Meine Augen fühlten sich vom vielen Weinen ganz geschwollen an, und die Sonne stahl sich ein bißchen durch das kleine Dachfensterlein. Doch ich dachte nur:

Lacht froh die Sonn´ mir ins Gesicht.
Die Seelenpein verlässt mich nicht.

„Wenigstens die Parte könnte ich doch in Angriff nehmen!" dachte ich, wohlwissend daß mir wohl kaum die passenden Worte zum Unfaßbaren einfallen würden.

Oben im Erdgeschoss wurde bereits für die bevorstehende Besucherschwemme geräumt und gerumpelt. Die Maria, eine Reinmachefee aus Rumänien war zum Putzen erschienen, und vom Opa hieß es, er sei den ganzen Morgen schon so unerträglich gewesen.

In der Nacht hatte der Opa überhaupt nicht geschlafen. Er sei net müd, sagte er kurzangebunden.

Ming und ich hängten im Duett im so wunderschön sonnigen Garten die Wäsche auf, unter anderem Mobblns Nachtgewand.

Der Opa steckte mich mit seinem Dalton-Syndrom an. In hilflosem Aktionismus wackelt man durchs Haus und bringt doch nichts zustande.

Einmal sagte er: „Komm setz di zu mir!"

Dann saßen wir aber bloß so da. Der Opa grüblerisch und fern versunken, und ich immer auf dem Sprung, dem alten Mann eine Freude zu bereiten, während die Maria hilflos und traurig dazu geputzt hat.

Ich wollte den Opa auf die Terrasse in die Sonne locken, doch der Opa sagte nur grantig: "Ich bleib jetzt hier sitzen. Die Sonne interessiert mi net…."

Später saß er dann aber doch auf der Terrasse, oder er schlurfte grämlich herum. Nur manchmal wurde er ganz kurz ein bißchen lustig.

Einmal frug ich den Opa, der schon wieder aufstand, um irgendwo hinzuschlurfen, wo er hinstrebe? „Ich muß schaun, wo die Kika ist?" murmelte er. Dann mußte er aber doch kurz lachen, weil´s sonst so überverkalkt gewesen wäre.

Die Maria pflückte zwei Blumensträuße für die Verwandtschaft, und als lästig empfinde ich´s, daß man beim Opa immer Angst haben muß, er könne vielleicht ausrasten, wenn jemand was in seinem Garten abrupft? Doch er schlurfte nur grämlich hinterdrein und frug, wo sie die hinstellö wollö, statt mal was Nettes oder Bedankendes von sich zu geben.

Der süße Ming hat dem Opa so nett die vier Mails, die heut gekommen sind, auf ein einzelnes

Blatt ausgedruckt, doch der Opa war grätelig und sagte: „Die willi net lesö!" Die will ich nicht lesen

Zur Mittagsstund lasen wir die Mails von Rainer, Ric, und Antje aber doch.

Der Rainer schrieb in nachlassendem Deutsch, von welchem dem Feinkultürlichen ganz blümerant werden dürfte, Dinge wie: „66 Jahre waren eine lange Zeit, die heuer von kaum jemandem mehr erreicht wird!"

Man hat gespürt, wie uns der Onkel durch sein Leben in Kanada fern geworden ist, und wie er sich hat abmühen müssen, ein paar aufmunternde Zeilen hinzuhämmern.

Heut erwarteten wir eine Flut an Gästen: Dölein, Debbie, David aus Amerika, eventuell Andi, Lisel und Rehlein, und ferner hatten sich Heiner und Melanie mit dem kleinen Marius angekündigt. Obwohl ihr Kommen erst „in den Lüften lag", schien´s uns doch, als sei das ganze Haus bereits voll, und man spürte den Stress und das Mitgehangen- Mitgefangengefühl schon im Vornherein.

Am Nachmittag war´s sehr heiß, und ich saß mit dem Mathematik lernenden Ming vor dem Hause, und ließ mein Magnum-Mandel zart anschmelzen.

Bald darauf kam der Heiner mit Familie und ich lernte endlich den süßen kleinen Marius kennen. Die

Melanie ist vom Urlaub in Kroatien ganz braungebrannt gewesen.

Der Marius ist genau so süß, wie der Ruf, der ihm vorausgeeilt ist: Man schaut ihn an, und schaut in ein lachendes Gesicht.

Der Heiner hat ihn dem Opa, der auf der kleinen Terrasse vor sich hindurmelte augenblicklich in den Arm gelegt, und schoß eine Salve an Fotos vom malerisch im Sonnenschein sitzenden Uropa mit seinem Urenkel.

Abends sind Dölein, Debbie und David gekommen, und der Opa blühte von diesem Besuch ein wenig auf.

Verbindend sagte ich zum Opa: „Jetzt, wo das Haus so leer ist, ist es auf einmal so voll!"

Onkel Dölein kann mit dem Exitus seiner Mutter aus jenem Grunde so gut umgehen, weil der Tod zum Leben einfach dazugehöre. (Angeblich)

Sonntag, 4. Juli

Wunderschön. Ganz heiß.
Die kleinen Frühäpfel in Opas Garten
kann man bereits essen.
Schmecken tun sie aber nur mäßig

Wir frühstückten auf der Terrasse an einem langen Tisch. Alles schmolz in der Sonne an, und der süße

Ming hatte an so vieles gedacht: Z.B. Nutella für den heranwachsenden David.

Ich erzählte, daß Mobbls letzter Wunsch an mich der Folgende gewesen sei: „Heirate den Herwig!" und wie man sich gegen den letzten Wunsch einer alten Dame nicht sperren dürfe. Ich rufe den Herwig an und sage mit sehr ernster Stimme: „Herwig, ich habe etwas mit Dir zu bereden, was man am Telefon nur schwer ausmachen kann. Passt´s Dir um zwölf Uhr im Café-Diglas?"

Noch sind wir drei Frauen, Debbie, Melanie & ich so frisch ins Zusammenleben eingebunden, daß wir je aus Höflichkeit die Spülerei an uns zu reißen trachteten.

„Ich mach das gern!" sagten wir alle unabhängig voneinander, doch ich überlegte, wie´s wohl wäre, wenn wir nun ein ganzes Jahr zusammenleben würden? Wir würden zänkisch ausrufen: „Heut bist Duu aber mal dran mit der Spülerei! Ich seh´ nicht ein, warum ich mich immer um *alles* kümmern muß??"

Onkel Dölein sprach davon, zu seinem alten Freund Lucksteiner, einem tränenbesäckelten, rund- und kahlköpfigen alten Manne in den Wald zu laufen, um zu schauen, wie´s dort wohl ausschaut? Doch der Lucksteiner lebt nicht mehr, und statt seiner wohnt nun der Poppi mit seiner jungen Frau Renate dort. Man könne ja beim Poppi klingeln und nach dem Lucksteiner fragen, und wenn man dann erfährt, er sei verstorben, könnte man in lautes Wehklagen verfallen. Der Poppi würde sich seinem Naturell entsprechend äußerst liebevoll und mitfühlend geben, und so könnte man sich eben mit dem Poppi befreunden, der dem Opa ein wirklich wunderbarer Freund geworden ist – wie man sich einen Besseren gar nicht vorstellen kann.

Ich erzählte Onkel Dölein von einem Callboy namens Rainer, den ich einst im Walde von Trossingen kennengelernt habe, und auf dessen Visitenkarte zu lesen stand: „So wie Rainer, so kann´s keiner!"

Dann erzählte ich von der liebeshungrigen Blockflötenprofessorin Frau Huschinsbett und verästelte mich fast lustvoll in die Details: Wie sie auf ihrem Musenstengel bläst, und kein Mensch mit ihr musizieren mag, weil sie immer falsch einsetzt und Dinge sagt wie: „Kinder, das müsst ihr mal üben!" Und dies, wenn sie sich doch selber verzählt hat!

Onkel Dölein lacht immer auf seine ungläubig belustigte Art zu meinen Worten, so daß man seine abgenagten Zähne sieht.

Ich zeigte dem Opa, wie sich der kleine Marius beispielsweise beim Klavierspiel mühelos mit dem Fuß im Ohr kratzen könnte, weil die Säuglingsschlegel so weich und geschmeidig sind.

An seinen Beinchen haben sich so possierliche Specktriebe gebildet, und seine Zehlein sind so niedlich angeordnet, daß man die Füßlein sogar falten kann.

Abends wackelte ich mit dem Opa durch´s Dorf. Vor dem einen Haus mit den vielen Blumenkästen an den Fenstern trug ein altes Sahnehaupt posthume Grüße an Mobbln auf, und war ganz erschüttert, als sie von Mobbls überstürztem und im Grunde so surrealistischen Ableben erfuhr. Vor ganz kurzer Zeit saß Mobbl doch noch im Sonnenschein auf der Bank neben dem Gasthof, und hoffte drauf, daß sich jemand zu ihr setzen würde, um ein wenig mit ihr zu plaudern.

Als wir auf dem Heimweg wieder vorüberliefen, rief sie uns die liebenswürdige alte Dame (Frau Frühwirth) noch zu, daß sie für Mobbln eine Messe lesen lassen wolle. Der Opa war gerührt.

Abends verabschiedeten wir uns herzlich von Heiner, Melanie & Marius. Mit dem Opa hatte man sich so, wie einst die jungen Leute mit der Uroma, einen Schabernack erlaubt, und ihm verhohne-pipelnd dargelegt, daß wir nun alle weiterziehen würden.

Bloß *er* müsse mit seinem Urenkel Marius zurückbleiben, weil der Marius noch zu klein für so eine weite Reise sei.

Ich schob die Weitervermissung für die Omi Mobbl ein bißchen auf, bis Dölein und Debbie wieder weg sind, da die Kompatibilität von Mobbln mit diesem Urlaubsgespann leider nie so berauschend war, so daß sich diese Familie mobbl-frei direkt besser genießen lässt.

Montag, 5. Juli

Hochsommerlich.
Ein strahlend schöner Morgen umhüllte mich
bei meinem Morgenlauf

Ming freute sich so, daß ich wieder lustig bin, und erzählte, daß Lindalein & Beätchen sich schon große Sorgen um mich gemacht, und bereits einen persönlichen Brief an mich geschrieben haben, der zur Stund über den Wolken unterwegs sei, weil´s doch heißt, ich möchte nur persönliche Briefe.

Ich fand das so rührend, und liebte die Verwandten in Sequim unglaublich.

Frühstück:
Stellvertretend für die Debbie dachte ich unabhängig zu meinen eigenen Gedanken:

„Wird denn in dieser Familie immer nur rumgetratscht, und dererlei Unsinn verzapft?? Als wenn es nicht genügend interessante Themen gäbe! Literatur, Musik, Theater, Architektur…"

„Wie sich der Heiner wohl freut, wenn ich demnächst ein ganzes Jahr lang zu ihnen ziehe!" rief ich in gespielter Einfalt aus.

Onkel Dölein spöttelte gutmütig darüber, daß ich vermutlich dächte, die Mobbl sei aus jenem Grunde verstorben, weil wir ihr keine neue Katze gekauft haben?

Dabei war es eher so, daß Mobbl durch Lindas Zurückwanderung nach Amerika beunruhigt war, da man ja nie weiß, ob sich das böse Orakel um die Dame Gerswin nicht doch noch erfüllt?

„In 40 Jahren gehört hier alles der Gerswin" – ein Gedanke, der sich einfach so in Mobblns Hirn gebohrt hatte, und keine Ruhe mehr gab.

Über Mings Flamme Dorli sprachen wir auch.

Ihr neuer Freund, der Flori, hat eigentlich Geiger werden wollen, doch nach einer kümmerlichen Prüfung ist er auf halber Höh´ als Babysitter stecken geblieben.

Lustig erkannte Dölein, was Ming wohl gedacht hat, als er die Dorli mit dem Cello zwischen den Knien sah: „Das Cello, das könnte *ich* jetzt sein!"

Und an Mings verlegenem und dennoch zustimmendem Lachen hat der Kenner gemerkt, daß der Onkel mit seiner Vermutung vermutlich goldrichtig lag?

Dann sprachen wir darüber, daß der Opa gestern am Telefon beim Parlat mit dem Onkel Rainer vollkommen vergessen hatte, daß der Rainer doch geschrieben hat, so daß der Onkel in Übersee vielleicht gedacht haben mag: „Na, soo zuverlässig scheint mir der Iwan wohl nicht! Daß er das

Schreiben, mit dem ich mir doch Mühe gegeben habe, einfach nicht weitergeleitet hat?!"

Doch ich beschwichtigte Ming dahingehend, daß der Rainer auch schon ein alter Mann sei, und selber vergessen habe, daß er geschrieben hat.

Nach dem Frühstück trat Familienstress auf, und nur der David schlief noch, weil ihn hier doch gar nichts Bestimmtes erwartet.

Die Erwachsenen waren kurz weg, und wenig später saß Ming etwas gestresst an Mobblns Bechstein-Flügel und ließ ein wenig Dampf darüber ab, daß viele Ehefrauen, die man so kennt, so leider auch die Debbie, morgens immer so unzufrieden sind!

Ming grauste der Gedanke, verheiratet zu sein, und sich mit den Launen einer komplizierten Ehefrau abplagen zu müssen:

Morgens bräuche sie immer einen Kaffee und abends ihren Schoppen Wein um zufrieden zu sein, und ansonsten hat man dauernd das Gefühl, ihr etwas bieten zu müssen.

Zur Mittagsstund´ ist die seelengute, tiefgläubige Schwester Susanne zu Besuch gekommen, um persönlich ein kleines Kärtchen mit warmen Tröstungsworten vorbeizubringen. Sie schrieb, daß sie so dankbar sei, Mobbl kennengelernt zu haben, und daß uns Mobbl nun einen Schritt voraus-gegangen sei. Worte, die mich persönlich sehr trösteten und berührten. Die Schwester kam und ging bevor der Opa wach wurde, so daß der Opa sie nicht mehr gesehen hat, und sich nicht mehr bedanken konnte.

Rehlein hatte ihren Eltern einen warmen langen Brief geschrieben, doch für Mobbl war er ein wenig zu spät gekommen.

Der Opa bastelte an einer Parte herum. Eine regelrechte Früchtebrotparte wurde draus, weil es so viel unterzubringen gab: Z.B. daß die Urenkel in den USA um Mobbln trauern.

Nachmittags war die Debbie wieder ein richtig süßer Quirl, so daß man sie von Herzen lieb haben konnte. Im Grunde gibt es *zwei* Debbies die nichts, aber auch gar nichts miteinander zu tun haben: Die Morgendebbie, und die Nachmittags- bzw. Abenddebbie.

In Döleins Leihmerzedes unternahmen wir genau jene Fahrt, die wir vor sechs Tagen mit Rehlein unternommen haben, als die Mutti noch gelebt hatte.

Der David saß zwischen Ming und mir auf der Hinterbank, büffelte deutsch, und frug uns über den Begriff „verhängen" aus.

Er meinte, es habe etwas mit „hängen" zu tun, und in gewisser Weise hat er sogar recht: Wenn ein armer Sünder gehängt werden soll, und man hängt ausversehen den Falschen, so hat man sich verhängt!

Einmal malte der David mit Kugelschreiber „David was here!" auf Mings Rücken, so wie man´s gemeinhin auf eine Klowand oder einen Felsen schreibt. Gutmütig ließ Ming diesen juvenilen Unfug über sich ergehen.

Wir saßen im Garten eines Weinlokals in Rust, und erlebten ein Spektakel: Ein rabiater Herr rannte der schwarzen hauseigenen Katze im Rahmen eines wüsten Tobsuchtsanfalls hinterher, weil sie sich so häßlich mit seinem Hund gezankt hatte. Ming war der Einzige, der den ausgerasteten Herrn verstand: Der kluge Ming ahnte, daß da andere Probleme dahinter stüken.

Die anderen Gäste konnten es alle nicht glauben, daß sich jemand wegen einer Katze so danebenbenehmen kann, und sogar Onkel Dölein rief etwas Fassungsloses hinüber.

Der Herr am Tisch neben uns freundete sich schon fast mit uns an, weil er ebenso fassungslos war wie Onkel Dölein.

„Ein Glück, daß der Herr nicht das Feuer auf uns eröffnet hat!" sagte Ming verbindend, weil jetzt die Katze, die fauchend vor Entsetzen in die Baumkrone hinaufgeflüchtet war, womöglich einen seelischen Schaden davongetragen hat?

Dienstag, 6. Juli

Morgens und abends wunderschön.
Zur Mittagsstund lag´s ein wenig in der Luft,
daß wohl gleich ein Gewitter lospoltere?

Am Morgen saß die Schipflinger Christa auf der Bank neben dem Haus mit dem Geweih, um ein wenig vor sich hinzubrüten, und wehmütig den schönen Sommermorgen zu genießen, da sie nicht weiß, wie viele schöne Sommermorgene ihr noch beschieden sind? Ihr ginge es nicht so gut, sagte sie und lächelte freundlich, so daß man von einer Woge der Wärme und Zärtlichkeit für die noch so junge (zirka 48-jährige), und doch vielleicht schon am Rande des Grabes wackelnde Omi erfaßt wurde.

Neulich habe sie die erste Chemo hinter sich gebracht, und jetzt müsse sie sehr starke Schmerzmittel einnehmen, da sie die Knochen alle einzeln schmerzen würden.

Am Morgen sah man den Opa ganz versunken in Mobblns weißem Negligée im Sorgenstuhle sitzen.

Der Opa sieht trotz seines hohen Alters so schön aus, finde ich.

Gestern hatte ich Ming noch darüber bescherzt, ob im Opa wohl noch ein Gefühl aus seiner Jugendzeit eingrammiert sein könne, daß die anderen Buben hohnlachen, wenn er ein Nachthemd trüge? Doch jetzt trug er eins, da ihm in seinem Schmerze eventuelles Hohnlachen einerlei geworden war?

Das Frühstück auf der Terrasse war trotz des Köstlichkeitsgrades der warmen Nutellasemmeln nicht so gemütlich, weil´s zu heiß war.

Ich hatte an einen netten Aufguß des gestrigen Frühstücks mit Ming gedacht, doch Ming war gar nicht da.

Die Debbie war aber fröhlich und gut gelaunt, und Onkel Dölein stellte seinem Sohn David ein paar Fragen über dessen Zeit in Uelzen, worauf er einsilbige Antworten bekam. „Gut".

Leider ist´s ein wenig so, daß der Altersunterschied zwischen Vater & Sohn einfach zu groß ist, (45 Jahre), so daß man womöglich nicht viel mehr als ein flüchtiger Bekannter aus einer alten Zeit sein kann? (Vom Vertrautheitsgrade her)

Ich unterbreitete Ming meine Theorie, daß Mobblns Todesschlaf scheinbar sieben bis acht Stunden gedauert hat, doch in Wirklichkeit waren es 89 Jahre, weil ja das Rückblättern genauso lange dauert, wie das Leben selber!

Einmal rief mich die Nanni aus Graz an, und ich führte ein so warmes, persönliches Gespräch, daß ich hinterher das Gefühl hatte, eine liebe Freundin gewonnen zu haben, für die ich mehrere andere hingeben könnte.

Die Nanni sprach davon, daß es seinerzeit, als ihre Mutter starb, ganz furchtbar gewesen sei, weil sie sich so entsetzlich mit ihrer Schwester Irene ge-stritten habe!

Der Konflikt schien mir ein wenig verquirlt und sogar unlösbar:

Die Irene interpretierte Worte von der Nanni fehl, und zurück blieb der böse Satz, daß die Irene der Mutti ihre Tabletten nicht gescheit verabreicht habe. Etwas, das ja schon an einen leisen Mordvorwurf grenzt!

Dennoch, oder vielleicht gerade deswegen, weil´s Geschichten zu erzählen gab, die unter die Epidermis gingen, baute mich das Telefonat sehr auf.

Beim Üben glaubte ich einmal, ein Einbrecher schliche ins Haus, doch es war der Doktor Bogad, der nach Mobblns leerem Bett schaute, obwohl er „es" eigentlich schon gewußt hatte.

„Määin Bäääilääid!" Mein Beileid hatte die Ordinationshilfe am Telefon gestern etwas schülerhaft gesagt.

Der Doktor war sehr pietätvoll, trat leise auf, um den Opa nicht zu wecken und verschrieb ihm ein mildes, homöopathisches Antidepressivum. Und ich wiederum hielt ihn aus Fingerspitzengefühl nicht so lange auf, obwohl´s so viel zu erzählen gegeben hätte. Doch dann schenkte ich ihm eine Fotografie, auf der Mobbl so freundlich lächelt, die der Doktor sehr gerne angenommen hat.

Ming hatte am Morgen mit Pfarrer Zach, dem g´sööichtn Oarsch* telefoniert, um über Mobblns letzte Ruhestätte zu verhandeln. Doch auf dem wunderschönen, meist liebevoll von der Sonne beschienenen kleinen Kappellenfriedhof dürfen nur Katholiken begraben werden, und die Ilse durfte auch bloß hin, weil ihr Mann eben ein Kathole war.

„Dann bestehen kääine Bedeinkn!" ^{keine Bedenken} hatte der Pfarrer dümmlich kundgetan, und Ming ärgerte sich über diese Hochnäsigkeit.

*geselchter Arsch (volkstümliche österreichische Schmähung)

Man hätte dem Opa so viel Nettes erzählen können, doch er haderte bloß mit dem Schicksal, weil er´s nicht fassen konnte, daß die 66 Ehejahre vorbei sein sollen, und daß man sie im Grunde so schlecht genutzt hat.

Der Opa war ganz durcheinander und freudlos und sagte immer bloß, daß man „ö Partö schreibö müscht". Eine Parte schreiben müsste

Anhand von Onkel Dölein sieht man ja, „wie sehr" die Kinder um ihre verstorbenen Eltern trauern, - nämlich nicht besonders.

Nur Rehlein trauert sehr tief, doch der Opa hat keinen Blick für die Trauer der Anderen.

Einmal erschienen zwei Herren am Gatter und klingelten. Der Opa schaltete seine Kontrollanlage ein, und eine niederösterreichische Stimme sagte: „Schandarmerie!"

Ich bekam einen furchtbaren Schreck, denn meine Lieben waren in Dürrnstein unterwegs, und hört man nicht immer wieder, daß eine Unfallmeldung mit Todesfolge von einem Schandarmen überbracht wird?

Es war aber nur wegen dem Einbruch in dem stillgelegten Haus am Fuße der Kalgasse.

Ich glaube, Onkel Dölein war, obzwar kein Mann großer Worte, ergriffen von Opas Parte. Es schlug sich darin nieder, daß er sie am Abend in den PC eintippte.

Jetzt aber machte er gefühlseinäschernde Worte drum, daß der David eine Parte für seine verschwundene Hose aufgeben müsse, die 80 Dollar gekostet habe, und einfach wie vom Erdboden verschluckt sei.

Der Opa war den ganzen Tag hochmoribund und traurig, und nur einmal schmunzelte er kurz auf, als ich gesagt hab, bei so einer schönen Parte sei man richtig gerne tot.

Mittwoch, 7. Juli

Regnerisch

Am Morgen erhob ich mich wieder in einen jener anstrengenden Ofenbacher Herumwabertage hinein.

Natürlich möchte man Ming, und ab heut abend auch Rehlein genießen, und doch wünsch´ ich mir mittlerweile, wieder abzureisen, weil mich die vielen verschiedenen Temperamente anzustrengen beginnen.

Schon am Morgen fängt's an: Wie, wo, wann und wer frühstückt wann wo was? Tee oder Kaffee? Grad auf jene Art, wie in den Quartettproben immer Auf-auf, ab-ab, oder auf ab, ab auf? beratschlagt wird.

Am Morgen hämmerte Onkel Dölein die Parte weiter, und natürlich könnte man sie für den Nächsten von uns als „Doc" im Computer belassen, so daß nurmehr Name und Eckdaten geändert werden müssten.

Ming spielte mir die erste Hälfte von seinem Stockholmer Programm vor, und verbeugte sich zum Gaudium ein wenig so wie Jewgenij Kissin, bei dem die Verbeugungen ausschauen, als habe man den Verbeugungswinkel zuvor mit Hilfe einer Schraube an der Hüfte eingestellt.

Am Nachmittag joggte ich mit meiner Tante Debbie durch den Wald. Ich fand die Debbie so entzückend, und wir wurden dicke Freundinnen.

Auf dem Heimweg sagte die Debbie mit solch einer Wärme: „Halllou!" zu einem stumpfsinnigen, kleinen Mädchen, das Debbies freundlichen Gruß allerdings nicht erwidert hat.

Am Abend fuhren Dölein und ich zum Westbahnhof, um Rehlein um 21 Uhr 50 von der Bahn abzuernten.

Überpünktlich traf das süßeste Rehlein mit ihrem vielen Gepäck ein – u.a. zwei Ölgemälden für Dölein, an denen Rehlein zwei Stunden lang herumgepackt hatte. Und so sehr sich Rehlein auch über das Wiedersehen mit Onkel Dölein freute, so sehr nagte auch der Schmerz um Mobbl und den armen Opa, der den Rest des Lebens nun als vereinzelte Ehehälfte abschreiten muß.

Zweimal kämpfte Rehlein am Abend mit den Tränen: Als sie den Opa umarmte, und als sie die Parte las.

Donnerstag, 8. Juli

Trübe und graumeliert. Leichte Regentendenz

Das Frühstück mit Rehlein, Dölein und Debbie am runden Tisch rauschte ein wenig an mir vorbei. Ich weiß nur noch, daß ich tief eingesunken im grünen Sorgenstuhle saß. Die bleichen Biobröter, zum Teil mit Hochglanznutella beschmiert, waren so riesig, daß man sie nur dann mit gutem Gewissen essen konnte, wenn man sie in der Mitte zerteilte und nacheinander aufaß. (Ein Gen Buzens in mir.)

Die Debbie hatte eine ernste Miene gezogen. Pate bei dieser Miene stand ihre Morgensauertöpfischkeit, gegen die kein Kraut gewachsen scheint, und Rehlein sagte einmal so rührend mitfühlend:

„Du bist so ernst?"

Nach dem Frühstück wurde Mobblns schönes Bett abgeholt, und Rehlein wurde schwer ums Herz, weil sie noch ein letztes von Mobbln ausgelutschtes Gummibärchen auf dem Fenstersims kleben sah.

Jetzt, wo Rehlein wieder da ist, wird der Opa wieder wirklich geliebt, und nicht nur als greiser alter Mann angesehen, der sich selber überlebt hat. Rehleins Aura färbt auf den Opa solcherart ab, daß er selber besser erleuchtet, und dadurch für die Anderen auch wieder attraktiver wird.

Von der Irma aus Kiel war ein Teilnahmsbrief gekommen. Onkel Dölein hatte ihn bereits hereingeholt, doch Rehlein riet, ihn nochmals in den Kasten zurückzulegen, damit der Opa ein wenig Bewegung und hinzu noch eine Freude hat, wenn er ihn vorfindet.

Später lag dann der Brief von der Irma auf dem Rundtisch, und hinzu hat die liebe Deborah den Tisch voll mit Geschenken für uns gebeigt, so daß es ausgeschaut hat, als habe jemand Geburtstag.

Mobbl bekam heut posthum ein Geburtstagsgeschenk: Eine schöne Decke, in die man sich hineinhüllen kann, wenn man alt geworden ist, und zum Frösteln neigt.

Der Opa bekam seidene Boxerschorts, doch bevor er hineinstieg, löffelte er zunächst das köstliche Nudelsüppchen das Rehlein ihm zubereitet hat.

Onkel Dölein hatte recht damit, daß so manch einer ein Geschenk bekommt, das er gar nicht brauchen kann: Rehlein und ich bekamen je eine nach wc-frisch duftende Handcreme und Briefkarten mit Blumenmotiv – viel zu klein, um früchtebröterne Gedanken auszubreiten, doch ich fand es trotzdem rührend, und liebte die Debbie dafür sehr.

Der Opa trieb seinen Schabernack, indem er sein Geschenk auf jene Weise auspackte, daß es dem verduzten David schien, als habe die Debbie aus Versehen nur das leere Geschenkpapier zusammengeschnürt, und die geschmackvollen Boxerschorts seien in Amerika liegen geblieben.

Später brachte ich dem Opa, der alle Nas lang nochmals nach der Parte schauen wollte, das schöne Foto von der Mobbl mit ihrem kleinen Urenkel Marius, und der Opa hatte solch eine Freude daran.

Froh darüber, daß der Opa eine Freude hatte, legten wir auch gleich noch das Video von Mobblns 80. Geburtstag ein, und der Opa nahm Platz im grünen Sorgenstuhle vor dem Fernsehaquarium, in welchem die Mobbl wieder lebendig gemacht wurde.

Einmal hörte man die Mobbl im Film mit so viel Wärme sagen: „…und das Kikkele reist morgen schon wieder ab!"

(Gemeint war ich)

Zur Dämmerstund liefen wir durchs Dorf, um Mobbls Parte am Partenpfahl neben dem Rasinger-schen Bauernhof würdig anzubringen. Ich hatte sie sogar in Plastik „eingeschweißt", damit der Regen Opas Gedicht nicht verwässert.

> **72 gemeinsame irdische Jahre**
> **dehnen sich aus ins Unsichtbare**
> **und eher noch ändert die Sonne den Lauf**
> **als daß meine Liebe zu Dir höre auf.**
> **Und magst Du Dich scheinbar von mir auch entfernen,**
> **im Gefunkel von Milliarden von Sternen**
> **sendest du Nacht für Nacht mir die Botschaft:**
> **Eine Trennung bei uns nicht einmal der Tod schafft.**

Abends trafen Andi & Lisel in ihrem Wohnmobil ein, und zum Abendessen waren wir zu neunt. Eine Großfamilie.

Der Tisch mußte ausgefahren werden, und dem Opa tat´s gut, seine Großfamilie um sich zu versammeln. Es gab Kartoffelbrei, Fleisch, Schnittbohnen und drei Flaschen Wein.

Man sprach über das morgige Begräbnis, Ming kochte Vanilliepudding, und ich sagte zum Opa: „Opa, ich liebe Dich!" und der Opa sagte klar und deutlich: „Ich dich auch!" so, daß man sicher sein durfte, daß man sich diese schönen Worte nicht nur eingeredet hat.

Freitag, 9. Juli

Verregnet und verhangen

Mobbls Begräbnis.

Viele aufrichtig Trauernde hatten sich versammelt, und ich weinte am allermeisten.

Mobbls Sarg stand so feierlich, mit einer Blumenhaube bedeckt in einer Glasvitrine, und sogar ein kleines Schildchen hatte man diskret auf den Sarg genagelt:

Charlotte Rothfuss 1910 – 1999

Zunächst spielte der mitgebrachte CD-Player die Crysanthemen von Puccini, und zu den göttlichen Klängen standen die Trauernden betreten herum - bis auf Jene, die am intensivsten trauerten: Die saßen betreten herum. Auch in den schönen blauen Augen vom David schimmerten Tränen für seine Oma, obwohl, oder vielleicht auch grade weil er mit Mobbln nie im Leben einen vernünftigen Satz gewechselt hat.

Der Onkel Andi hielt so schön und feierlich eine bewegende Rede, und die drei Geschwister Dölein, Rehlein und Andi lasen die Gedichte vom Opa vor, die ich herausgesucht habe.

Die professionellen Sargträger sahen so unglaublich tragisch aus. Grad wie beim jüngsten Gericht.

Ganz zum Schluß, bevor der Sarg seine letzte Reise antrat, hat der süße Ming noch ein paar Worte für die Trauernden gefunden: Daß es ganz in Mobblns Sinne wäre, daß man auch wieder fröhlich sein, und frische Kraft aus ihrem Tode schöpfen möge.

An der Gruft angelangt, erhob Onkel Andi nochmals die Stimme: „Sie wollte Tänzerin werden. Sie wollte Pianistin werden! Jetzt ist sie eben Mutter geworden!" Worte, die in ihrer schlichten und so treffenden Herzlichkeit die nassgesogene tiefgraue Wolkendecke in der Seele aufgerupft haben, und Licht hereinschimmern ließen.

Den greisen Opa, der mit seinem schwarzen Hut wie ein gottestfürchtiger Jude ausschaute, hat er ebenfalls mit warmen Worten bedacht: „Jetzt hoffen wir, daß uns unser Vater noch eine Weile erhalten bleibt!"

Mobbl liegt nun in unmittelbarer Nachbarschaft vom Lamberg Rudi Sen. begraben, wo, wenn alles glatt verläuft, später auch meine Freundin Heidi hingebettet wird, so daß auch wir Freundinnen eines Tages Nachbarinnen in der Ewigkeit werden?

Der Leichenschmaus pfand← schreib ich schon! im „Kupfer<u>pfand</u>erl" statt.

„Ob es Mobbl wohl recht ist, daß die Slobatzkas dabeihocken?" dachte ich ganz in Mobblns Sinne.

Am frühen Abend, als in der nieselig-milchigen Abendstimmung bereits die Laternen brannten, joggte ich noch auf dem freien Feld hinter der

Schipflinger Bank. Die nenne ich jetzt so, weil die Schipflinger Christa da neulich draufsaß.

Und dann sah ich sogar ein hüpfendes junges Reh hüpfen. ←Natürlich!

Ob das wohl ein Zeichen Mobblns ist? dachte ich etwas weithergeholt, da ich das Zeichen, wenn es denn eins gewesen sein sollte, nicht zu deuten verstand.

Man kann´s und kann´s nicht fassen, daß Mobbl nicht mehr bei uns ist.

Samstag, 10. Juli

Draußen regnete es in Strömen!
Seit Mobblns Begräbnis hat sich das Wetter
gar nicht mehr so recht beruhigen können.
Vor der Kellertüre hat sich ein kleiner Teich gebildet,
in den es immer weiter hineinduschte

Beim Frühstück sprach man allgemein, sich in geschwisterlich-überlappenden Argumentationen verschlingend, über den Onkel Eberhard und das böse Uschilein, um zu Buzens Autounfall in Italien hinüberzumodulieren, wo sich das Ehepaar im Auto der Gegenpartei soeben geprügelt hatte, wie ein Büschel ausgerupfter, aufgeplusterter Frisurenreste in der Hand des schockgefrosteten Fahrers verriet.

Ich schleppte einen blauen Aktenordner herbei, um mich zum Kaffee zu zerstreuen, und fand ein lachhaftes Gedicht von Opas geheimnisvollem Jünger Böhmert, mit dem der diffus Verliebte seinen Schwarm „Opa" zu erheitern hoffte:

…Doch brauchst du nicht zu paffen,
wie manche doofen Affen.
Genieße lieber einen Kuß,
verehrter Herr Pannonius,
von Deiner lieben holden Maid.
Dann hast Du was von Deiner Zeit!

hatte der Böhmert sein Idol bar jeglichen Gefühls für die Humoreswellenlänge vom Opa angedichtet.

„Au wei geschrien!" hatte der Opa mit Bleistift darunter notiert.

Abends quälte ich mich mit meinem Abbo an die Veronika herum. Es galt, Mobbls trauriges Ableben trotzdem humorvoll zu verpacken, denn es heißt ja: „Humor ist, wenn man trotzdem lacht!"

Dann verabschiedeten wir uns wehmütig von Andi & Lisel, und fuhren schließlich in einer absoluten Traumbesetzung - Dölein, Rehlein, Ming & ich - zum Flughafen Schwechat, von dem aus Ming nach Schweden fliegen wollte.

Es regnete. Gelegentlich staken wir ungeschickt im Stau. Einmal stand „Gürtel"← durchgestrichen, und ich hab gemeint, dies bedeute, daß man sich abgurten müsse.

Der Abschied zwischen Ming und mir war so unglaublich herzlich. Ich bat Ming, mir durch die

Glastüre, durch die er nun notgedrungen hindurch-
gespült wurde, noch einmal zuzuzwinkern, und wir
wunken einander durch die Scheibe so lange zu, bis
man sich nicht mehr sah.

Auf der Heimfahrt im Auto psychologisierte Onkel
Dölein sehr ansprechend über seine Familie, und ich
bekomme bei Geschichten dieser Art Ohren, groß
wie Grammophontrichter.

Der David kam bei den Schilderungen sehr gut
weg: Wenn er mal Unfug getrieben hat, dann
entschuldigt er sich, und damit ist die Sache geritzt.
Doch die Julie in gleicher Situation argumentiert
herum, beteuert ihre Unschuld und heult.

Daheim hatte sich der Opa in seinen Anzug
gezwängt, weil er Milch holen wollte, obwohl es
bereits dunkelte und regnete. Doch dem Opa ging es
um die menschliche Wärme im Kuhstall, und die
Milch schien mir nur ein Vorwand zu sein.

Manchmal frage ich mich: „Wie und wo sind die
vergangenen 26 Jahre geblieben?" Denn vor 26
Jahren, im Juni 1973 reisten wir mit dem Opa von
Taiwan nach Ofenbach: Unterwegs besuchten wir viele
Länder und Städte: Hongkong, Bangkok, Karatschi,
Srinagar, Kadmandu, Kalkutta, Istanbul und Athen.
Mit dem Opa verwandelte sich das Leben in ein
einziges buntes und köstliches Abenteuer.

Für uns Kinder ein Höhepunkt im Leben.

Sonntag, 11. Juli

Durch verheultes Ambiente lächelte die Sonne
auf Art einer liebenden Großmutter,
die ihrem Enkelkind die Tränen abtupft.
Hie und da triefende Wolkenbänke,
und zuweilen ein Knurren am Himmel

In der Nacht hat man öfters einen Duschregen
auftösen hören. Nun aber brach sich die Sonne
durch die verheulte Wetterlage Bahn.

Beim Frühstück war Rehlein so rührend um die
Verwandtschaft besorgt! Rehlein schmierte Berge an
Stullen, und insistierte leidenschaftlich, daß Onkel
Dölein und seine Familie in St. Florian unbedingt
eine erste Rast einlegen sollte.

Dies war nicht einfach nur so dahergebrabbelt wie
von einem normalen Menschen, der eine Anregung
mit der unausgesprochenen Zusatzklausel „aber es
ist euer Leben!" von sich gibt - nein! Rehlein rupfte
sich symbolisch gesehen ein Bein aus, daß sie´s auch
WIRKLICH tun!

Rehlein ist immer so unglaublich nett zum Opa.
Sie sagt: „Oooopalein!", ist warm und geduldig und
erfüllt mit ehrlichster Liebe. Doch der Opa hört
nichts und meint, sie sei nur normal nett.

Allgemein spricht man zuweilen darüber, daß der
Opa doch nochmals nach Berlin reisen könnte, und
ich schwenkte sogar die Rede drauf, mit dem Opa zu

Onkel Rainers 65. Geburtstag nach Kanada zu fliegen.

Ich erzählte dem Opa, wie der Rainer die Sharyn immer mieten muß, um die Fassade aufrecht zu halten, wenn Besuch aus Europa kommt. In Wirklichkeit hat sie ihn schon vor 13 Jahren verlassen. Einmal mietete er die Sharyn vom 29.6. bis 2. 7. und da hat sie ihm empörenderweise gleich zwei Monatsmieten berechnet….

Der bevorstehende Abschied schwebte in den Lüften. Ich wollte zupackend und nützlich sein, und hatte zwei Gepäckstücke von der Debbie aus dem Kellergewinde geholt. Nun aber mußte man damit rechnen, daß die Debbie vielleicht ganz verstört daran herumsucht?

„Na, sie wird sich´s denken können!" sagte ich frohgemut, und Onkel Dölein sagte leicht despektierlich über seine eigene Ehefrau: „Sie ist nicht besonders denkkräftig!"

Der Abschied in verregnet deprimierendem Restsonnenwetter war herzlich und traurig zugleich.

Zwar wurden Wortblasen gemacht, daß der Opa Döleins Familie doch mal in Amerika besuchen solle, doch der Opa ist schon so alt, und allgemein glaubt man kaum, daß man den alten Mann noch einmal wiedersehen wird?

Schmerzliche Gedanken, die mir die Tränen in die Augen trieben.

Versonnen schauten wir den winkenden Händen nach.

Der Opa stellt immer die gleichen Fragen, weil er schon so alt ist.

Jetzt hat er jenen Status in unserem Leben eingenommen, wie einst die Uroma: Er versucht sich nützlich zu machen, und steht bei diesem Versuch meist nur im Wege.

Abends rief ich Heiner & Melanie zu ihrem zweiten Hochzeitstag an. Der Melanie sagte ich, daß sie es, sofern sie es dem Opa, der immerhin die Eiserne Hochzeit erlebt hat, gleichtun möchte, noch 63 Jahre mit dem Heiner aushalten müsse.

Montag, 12. Juli

Sonnig. Doch hin und wieder drohte ein Guss.

Wenn Mobbl doch nur wieder bei uns sein könnte!

In der Apotheke sah man meine beste Freundin Heidi inmitten ihrer schweißtreibenden Arbeit als Apothekerin agieren, da es so viele Heilungsbedürftige gibt, die sich mit Tinktürchen aus der Apotheke vor dem Sensemann hinwegzuwinden trachten.

Die Heidi wirkt höchst kompetent, aber auch gestresst und lebensgegerbt, und doch schenkt sie der Kundschaft ihr bezauberndens Lächeln, grad wie´s auf ihrem Hochzeitsbild mit ihrem ersten Mann Pepi zu sehen ist.

In einer kurzen Luftpause trat sie hinter dem Tresen hervor, bebusselte mich mit größter menschlicher Wärme und sagte: „Määin Bäääilääid!" Der Kuß fühlte sich warm & freundlich an, und ich war froh, daß ihr die Kunde von Mobblns jähem und noch immer unbegreiflichen Exitus bereits zu Ohren gestiegen war, da ich so ungern das Unaussprechliche aussprech´!

Mittags hatte Rehlein uns etwas Feines gekocht: Einen großen Topf mit Gemüse und ägyptischen Nudeln. Den Opa hat man hierzu extra wecken müssen, und hernach saß der alte Mann die ganze Zeit in der Sonne. Rehlein hatte ihm das rote Kapotthütchen aufgesetzt, und da saß er nun, und wußte nicht, was zu tun – so, wie in Friedels Gedicht, das er immer wieder auf den Lippen trägt:

Da sitzt er nun, und weiß nicht, was zu tun….

Beim Essen sprachen wir über die Brigitte, die auf Mobblns Tod erstaunlich gleichmütig reagiert hat, da sie einen eher rustikalen Bezug zum Tode hat.

(„Ein unnützer Esser weniger!")

Die Rede schwenkte kurz zu Brigittes Vater, der als depperter alter Mann oftmals, und einmal gar während einer Feier, in die Hosen bronnste, so daß sein Ableben in diesem weit vorgerückten

Lebensalter eigentlich kein wirklicher Verlust mehr gewesen sein dürfte.

Einen Beileidsbrief hat der Opa auch bekommen: Von den Geschwistern Frühwirth, die erst vor kurzem ganz lieb zur „Eisernen" gratuliert hatten. Es sind die sahnehäuptigen Schwestern, die in dem schön mit Blumen geschmückten Haus gegenüber von meiner alten Klassenkameradin, der Punkl Frieda, leben.

Sie schrieben dem Opa so warm und mitfühlend, und haben für Mobbl gar eine Messe lesen lassen!

Rehlein bekam Tränen der Rührung in die Augen.

Die Schwestern schrieben, daß Mobbl eine Sonne war, die nun leider vorzeitig untergegangen ist.

Am Spätnachmittag besuchte ich die Frühwirths, und plauderte mit der einen Dame, die bald 85 Jahre alt wird, und einmal ganz lange im Spital lag.
(Wegen einem offenen Bein.)

Daheim saß der Opa immer noch an der selben Stelle. Allerdings hatte er, einem Huhn das goldene Eier legt nicht unähnelnd, das Kuvert der Frühwirths stenografisch mit philosophischen Gedichten bekritzelt.

Dienstag, 13. Juli

Manchmal sonnig-aufgegrellt,
doch latente Gewitterstimmung.
Vereinzelte Duschregene

Kaum steht man wieder auf den Beinen, so werden einem die aktuellen Verdrüsse ins Bewusstsein zurückgespült: Man stand im elften Tag nach Mobbln!

So viele mobblfreie Jahre stehen uns bevor, und jetzt sind erst elf Tage um?!

Einmal war der Opa wach, und stand mit bloßen Füßen im Flur. Die alten bleichen Füße schienen mir eine enorme Bodenhaftung zu haben und sahen aus wie Gebilde aus blassem Hefeteig, die man auf ein Backblech gelegt hat – bloß, daß es halt Opas Füße waren.

Rehlein hat zur Mittagsstund´ einen köstlichen Ofenschlupfer gemacht, und der Opa schlief leider ganz viel, und ließ sich nur mit Mühe wecken. Später brauchte der alte Mann für seinen Ofenschlupfer Stun- um Stunden, weil er immer mit seinen Gedanken an die Mobbl beschäftigt war. Der Opa wirft immer wieder die Frage auf: „Woran ist die Mutti eigentlich g´storbö?"

Natürlich ist man versucht, dem Trauernden auf jene unwirsche Art, mit der man im Alltag über eine ausgelutschte Frage hinwegzustreben pflegt, zuzurufen: „An Altersschwäche! Die Omi konnte und wollte nicht mehr!" Doch dem Opa geht´s doch nur darum zu erfahren, ob die Omi vielleicht theoretisch noch bei uns sein könnte?

Mobbl war zum Schluß leider nur noch eine Ruine, wie im Brockhaus treffend beschrieben steht.

Wir saßen in hellem Sonnenschein auf der Veranda, und der Opa sagte: „Da würd i ja lachen, wenn der Iwan ne Schwedin mitbrächte!"

Rehlein und ich schmunzelten darüber, daß der Opa meint, dies ginge so schnell.

„Die Schwedin müsste erst das Rathaus aufsuche, um sich abzumelden!" sagte ich.

Abends saß der Opa traurig auf der Eckbank, dichtete und stellte Fragen bzgl. Mobblns Heimgang.

Der Opa sagte: „Ich kann´s mir gar nicht vorstellen, daß wir sie nie mehr sehen sollen!" Worte, bei denen sich Rehleins und meine Augen naturgemäß mit Tränen zu füllen pflegen.

Dann aber sagte der Opa wieder was Lustiges, so daß man lachen mußte:

„Die Welt ist eine Fehlkonstruktion. Von dem Herrn Gott und seinem Sohn!"

Mobbl fehlt uns so.

Andererseit: Säße sie jetzt da, so würde womöglich wieder der Televisor plärren?

Mittwoch, 14. Juli

Grell bewölkt.
Erst am Abend wurde es schön.

Ming und ich fuhren nach Wiener Neustadt, wo
Ming seine Reise nach San Franzisko dingfest
machen wollte, weil er Angst hat, daß es so kommt,
wie es vielleicht kommt? Daß er sich nämlich mit der
Linda hoffnungslos auseinanderlebt, wenn sie sich
nicht dauernd sehen.

Ming besucht die Linda allerdings zu einer Zeit, in
der die Linda arbeitet. Das bedeutet, daß Ming die
ganze Zeit dasitzen wird, und dem Feierabend
entgegenharrt, wenn die Linda womöglich ganz
ausgelaugt, und vor Auslaugung nur noch schwer
zugänglich ist?

Im Auto verstanden Ming und ich uns einfach
fantastisch. Ich erzählte von Herrn Blosers Vater,
der knapp 87-jährig, völlig überraschend starb,
obwohl er kerngesund war. Wahrscheinlich, weil
man den alten Mann ins Altersheim in Öschlbronn
verpflanzt hat? Seine Frau hingegen, ein flackerndes
kleines Lebenslichtlein, dessen Ableben man direkt
schon ein wenig herbeigesehnt hat, lebt heute noch
(?).

Donnerstag, 15. Juli

Hie und da graue Wolkenbänke,
und dann wieder soo schön!

Der Opa klagte zur Morgenstund sehr über´s Alter. Er klagte, daß man immer müd sei, und weder sitzen, stehen noch liegen mag.

„Wem sagst du das?" sagte ich einmal, so als sei ich auch schon alt.

Einmal rief Buz an.

„Hier ist der Wolfram!" sagte er ein wenig fremd, so als kennten wir uns nur flüchtig. Man hat gleich herausgehört, daß irgendwas ist, und in der Tat ist´s so, daß der Vorgesetzte S. Rehlein und dem Landkreis einen Brief geschrieben hat, in welchem er Rehlein praktisch verbietet, im „Musikalischen Sommer" mitzuwirken, weil Rehlein noch nicht berentet sei! Es ist aber bloß, weil der S. neidisch auf Rehleins Bratschenspiel ist. In diesem Sommer hat sich Rehlein doch extra so besonders schön auf den „Musikalischen Sommer" vorbereitet, und sich auf´s Musizieren doch schon so sehr gefreut!

Rehlein war so unglaublich nett zu Buzen am Telefon, und riet ihm, den S. zu fragen, ob *er* einspringen wolle, um dann in den Proben die Brauen zu runzeln und zu sagen: „Na, ich weiß nicht so recht…"

Da lachte auch Ming, als wir dieses Anekdötchen später aufwärmten.

Rehlein stand in der Küche, um für uns zu kochen. Ihr krisp gebräunter Armspeck und ihr niedlicher Po ist meist zart am Vibrieren, weil sie grad dabei ist, etwas Schönes für ihre Lieben zusammenzurühren.

Der Opa hat am Nachmittag mit seiner alten Freundin Rosa Sprongl telefoniert. Etwas deprimiert hat´s mich, daß *sie*, - obwohl zirka fünf Jahre älter als Mobbl - immer noch lebt. Da kroch´s mir schmerzlich ins Bewusstsein, daß Mobbl soo alt nun auch wieder nicht gewesen ist, auch wenn man sich beständig mit ihrem angeblich so hohen Alter zu trösten versucht.

Die Rosa nahm Mobblns Tod sachlich zur Kenntnis und meinte, sie sei nun so alt, und man möge die Telefonate bei ihr nun bitte einstellen!

Dies, wo man doch seit zirka acht Jahren nicht mehr angerufen hatte!

Der Opa wurde zum Milchholen entsandt, und unter schönstem blauen Himmel, so daß Ofenbach direkt ausgeschaut hat, als sei´s ein Dorf in Spanien, holten wir den Opa wieder ab. D.h. Rehlein holte ihn ab, und ich holte Rehlein ab.

Pünktchenklein zeichneten sich Rehlein und Opa am Ende der staubigen Dorfstraße ab, als ich dem Gespann entgegenhurtelte.

Ich ergriff Opas warme Greisenhand, und da der Opa immer so langsam trippelt, winkelte ich beim

Laufen meine Knie hoch in die Höh, um die Langsamkeit ein wenig zu kompensieren.

Ich stellte mir vor, wie ich Mobbln einen Brief auf´s Grab legen könnte, worin zu lesen stünd´: "Jetzt ist es leider genauso gekommen, wie in Deinen schlimmsten Befürchtungen: Die Gerswind ist bei uns eingezogen, und der Opa hat die Oma Ella geheiratet!"

Ming schrieb der Tante Bea, daß er ab dem 25. September ein neues Leben beginnen könnte.
Mich aber quälte der Gedanke, daß Ming nach Amerika auswandern könne ungeheuerlich.

Wenn es heißt, Opa & Mobbl seien 66 Jahre lang verheiratet gewesen, so bedeutet das ja alles andere als daß man 66 Jahre lang nacktschneckenartig aneinandergeklebte. Das Substrat an Glück ist letztendlich mager?

Freitag, 16. Juli
Ofenbach - Nürnberg

Schön sommerlich.
Zum Teil mit arielweißen Wolken

Beim Frühstück kam die Sprache darauf, daß man sich bei all den ausgelutschten Ehen, wie beispielsweise von Gerda und Bodo Otloff kaum noch vorstellen kann, wie die Eheleute wohl mal nett zueinander gewesen sein sollen? Gerda Otloff habe einmal erzählt, wie unerträglich ihr Eheleben am Anfang war, als sie noch auf Vaters Brösel angewiesen waren, und ihren Erstling Silke so quasi ins Nest der *Eltern* gelegt haben! Etwas, was Rehlein ja auch passiert ist, und woran Rehlein mit Schaudern zurückdenkt.

Ming strömte jene Attitüde aus, die besagen solle, daß ihm Derartiges mit Sicherheit niemals widerfahren werde, da er nicht im Traum daran dächte, die Fehler seiner Vorfahren zu wiederholen.

Er griff zu einem Erzählband von Tschechow, und las uns die Geschichte von den Stachelbeeren vor, und da Rehlein so in der Geschichte lebte, gab sie zwischen und an den Enden fast aller Sätze einen Kommentar ab, was Ming wiederum buzesartig in eine leichte Raserei versetzte!

Ming und ich probten die Sonate von Herrn Heike. Ich fühlte mich in das Werk ein und stellte für mich fest, daß die Sonate, zumindest im dritten Satz, exakt das Seelenleben von Herrn Heike widerspiegelt: Die zwei Stimmen agieren in einer etwas monotonen Art vollkommen für sich nebeneinander her – so, wie es Herrn Heike wohl einst mit seiner Frau ergangen ist, und bloß im Finale bemüht er sich ein wenig um Gemeinsamkeit…Das ganze Werk spiegelt Einsamkeit und die Sehnsucht, sowie das Ringen danach, etwas Schönes, Eigenschöpferisches zu schaffen.

Heute litt ich am Abschiedsschmerz. Ich vermisste den Opa so schrecklich, daß ich zum Abschied sogar geweint habe. Der Opa lag noch im Bett, weil er so müde war. Als ich ihn ganz zart, so als sei´s dies das letzte Mal, küsste, wachte er auf und sagte so freundlich: „Ach du gehsch? Schade. Wann kommscht du wieder?"

Ich hab aber so weinen müssen, daß ich kaum antworten konnte, und Ming mahnte hinzu auch schon zum Aufbruch.

Auf der Reise:

Die ganze Zeit konnte und wollte ich´s nicht fassen, daß Mobbl nicht mehr bei uns ist: In Wiener Neustadt, in der Eisenbahn, auf dem Bahnhof Wien-West… denn bei meiner letzten Zugfahrt hatte Mobbl auf all diesen Etappen noch gelebt, und es wäre so unglaublich schön, wenn ich jetzt in Ofenbach anriefe, und Mobbl sich ihrer Art gemäß fragend mit „Rothfuß?" meldete.

Überall murmelten meine Lippen „Mobbl" und ich meinte die Murmelei so ernst.

Auf dem Nürnberger Hauptbahnhof kaufte ich jener blonden Verkäuferin, die mir schon mehrfach im Leben auffiel, weil sie so wehleidig und leicht entrüstbar ist, ein Walnußeishorn ab.

Heute fand im Hinterhof der Kaulbachstraße 29 in Nürnberg ein kleines Nachbarschaftsfest statt, für das die Veronika eigenhändig eine Quarkspeise gerührt, und einen frischen bunten Salat zubereitet hat.

Ein schüchterner junger Mann hatte einen Gugelhupf gebacken, und schaute sich unsicher um, wo er den wohl hinstellen solle, und ein reifer Herr plauderte sehr nett und vielseitig auf die Veronika ein: Er sprach bildungspolitisch eingefärbte Worte über Goethe und Karajan, und ich malte mir im Geiste aus, das sei ein Kandidat, den man sich über eine Annonce in der ZEIT an Land gezogen habe, und nun müsse man eben solche Gespräche führen. (Sogenannte „gute Gespräche").

Nach der Feier war die Veronika zu später Stund´ noch in den Hof hinausgegangen, um die Salatschüssel zu holen, und nun saß dort inmitten Salatresten eine riesengroße Nacktschnecke, die ihren Kopf interessiert zur Veronika emporbog.

Ich nahm der Veronika ganz schnell die Salatschüssel ab, bevor sie dies sah, und womöglich einen Kreischkrampf bekommen hätte?

Samstag, 17. Juli
Nürnberg - Aurich

Sommerlich warm.
Sonnig mit wolkigem Mienenspiel am Himmel

Ich rief die Omi an, da ich sie besuchen wollte. Der Onkel Eberhard kam an den Apparat, und frug mich gleich zweimal, wie es mir gehe, da er beim ersten Male nicht hingehört hat.

„Mir geht´s sehr „normal," sagte der Eberhard selber auf seine depressiv-bedächtige Art dumpf. Nächste Woche muß er eine Abschiedspredigt für einen verstorbenen Studenten halten, und so etwas geht dem sensiblen Onkel immer sehr nahe.

Ich lief durch Nürnberg, und schaute mir die Leute an. Doch alle waren mir so fremd! An der Burg sprach ein Seniorenpärchen eine drall-verpackte Fränkin an, und ich hörte Selbige wenig scharmvoll antworten: „Dange, i hob koi Zaid jez!" Danke, ich hab keine Zeit jetzt

Und dabei bog sie doch grade in den Biergarten hinein, wo Müßiggang pur auf sie wartete!

Sonntag, 18. Juli

Sommerlich – ganz zauberhaft

Buz kündete eine Koreanerin an, die dann tatsächlich zu mittäglicher Stund´ im Musikzimmer stand. Es handelte sich mehr um so ein „Mädle": schlank, noch kaum erblüht und mit einem langen, leicht rötlich eingetönten Pferdeschwanz behaftet.

Nett wäre natürlich gewesen, Buz hätte mich als seine Frau vorgestellt, auf daß ich in den Sinnen des Fräuleins in glanzvollem Lichte erschiene, doch der

Pabba sagte völkerverbindend: „This is my dooootr!“

Montag, 19. Juli

Am Morgen hatte sich
eine gescheckte Wolkenstraße gebildet.
Ansonsten hochsommerlich heiß.
Am Abend ein Gewitter

Im „Focus“ kam ein Artikel über die mittlerweile 15-jährige, bildhübsche Geigerin Alina Podgostkin. Allerdings war der Artikel ein wenig gemein, und wirkte dem Bestreben von Herrn Podgostkin, daß seine Tochter bald zu Ruhm und Ansehen kommen möge, geradezu diametral entgegen: Das Leben der 15-jährigen wurde als Tragödie hingestellt, und demütigend stand gar zu lesen, Alina bräuche dringend einen besseren Lehrer als den Vater. Über Alinas Mutti, eine herzliche Frau mit Brille und dunkler Kurzhaarfrisur, ebenfalls Geigenschülerin ihres betagten Mannes, stand despektierlich zu lesen: „Die unscheinbare Russin“.
Eine Beleidigung, gegen die man eigentlich gerichtlich vorgehen sollte:
„Finden Sie mich tatsächlich unscheinbar, Euer Ehren?“
„Dies tut nichts zur Sache!“ –
So glanzlos geht es in den Gerichten zuweilen zu.

Bei Otloffs:

„Wie heißt denn dein Baby?" frug Buz die kleine Daaje, die ihr Püppchen herumtrug, kindgerecht.
„Die heißt auch Oma Gerda!" sagte die Daaje.

Einmal gischtete ein prasselnder Regen nieder und verwandelte die Graf-Enno-Straße in einen reißenden Bach.

Dienstag, 20. Juli

Wolkig. Hi und da leuchtete es auf.
Am Nachmittag ein Regenguss

Zum Frühstück schauten wir einen Film über das Wunder Karajan.
Die renommierte Klarinettistin Sabine Meyer wurde interviewt. Im Hintergrund sah man das malerische Fachwerkhaus, das die tüchtige Sabine sich erblasen hat. Buz war ein wenig „erstaunt" über ihre schülerhafte Art sich auszudrücken. Sie erinnerte ihn an seine Geigenschülerin Beate F. und streckte ihre nichtssagenden Worte mit kleinen Wortgirlanden wie z.B. „doch" und „schon".
„Das war schon sehr charismatisch...doch!".

Am Vormittag war ich beim Coiffeur und ließ mir eine Kurzhaarfrisur scheren.

Ich hatte so viel vor, doch alles zerfiel zu Staub. D.h. zu Beginn hatte ich das Gefühl, Aurich sei heut so freundlich gestimmt, und sogar mit dem Rosenapotheker, mit dem ich eigentlich leicht verfeindet bin, bewunk ich mich aus Versehen, weil ich erst nach dem Gewinke gemerkt hab, daß er es war.

Abends spielte mir Buz seine Brahms-Sonate so wunderschön vor, daß man das Klavier dazu überhaupt nicht vermisst hat. Bloß klingelte dazu andauernd das Telefon. Es war ärgerlich. Ich dachte darüber nach, daß täglich Tonnen an torhaftem Geschwätz durch die Leitungen gejagt werden.

Am Abend kam Buzens Student und Spezi Nicko mit seiner pudeligen Krönchenfrisur, um Buz in die Börse abzuholen. Zuvor saß er aber noch da, und wollte auf lockere Weise wissen, wieviel die „Ostfriesische Landschaft" wohl für eine Übernachtung springen ließe? Buz wurde davon ganz aufgebracht, weil er dem Nicko doch schon so eine schöne Übernachtungsmöglichkeit auf dem Lande beschafft hat, und der Nicko so eine lose Art zeigte, mit Buzens Büdschée umzuspringen!

Locker frug er gar, ob Buz das eine Konzert nicht auf den Montag vorverlegen könne, da ihm dies zeitlich besser taugen würde? Am Dienstag würde er sich gerne ein Fußballspiel anschauen.

Buz war ganz entgeistert von diesem weltfernen Ansinnen.

Dann wurde es aber doch sehr nett, da der Nicko ähnlich dem „Breitenberg Manfred" aus der

Geschichte von Gerhard Polt ein Garant für eine Bombenstimmung ist, und das Violinkonzert von Rudolf Haken, das wir zur Zeit immer auflegen, und allen Gästen als Hörgenuß anbieten, gefiel ihm sehr.

Mittwoch, 21. Juli

Wechselhaft.
Zeitweise euterartig prall gefüllte Regenwolken,
die dann auch wieder hinweggeblasen wurden

Heute kam ein wirklich anteilnehmender und netter Brief von Heinz-Werner Zimmermann, der warme Worte zu Mobblns Heimgang gefunden hatte, und schon braute sich im Laufe des Tages ein sehr kunstvolles Beantwortungsschreiben in meinem Hirn zusammen:

Lieber Herr Zimmermann, oder darf ich Sie Heinz nennen?

Eine Erlaubnis die Sie der Oma erteilt haben, und die jetzt ungenutzt unter der Erde liegt...

Der Nicko probte mit dem Peter die Frühlingssonate, und ich fand, daß er den Ausdruck viel zu dick auftrug.

Für den Abend verabredete Buz sich mit den beiden Herren in die „Börse".

„In 20 Minuten in der Börse!" sagte er wörtlich – doch später, als er vergessen hatte, daß ich´s mit angehört hatte, tat Buz so, als müsse er eilig weg, um mit dem Peter proben.

Daheim wurde Ming von der Beatrice, einer Sängerin aus Frankreich massiert, und lag flach und wie gebügelt auf dem Boden.

Donnerstag, 22. Juli

Mehre Duschregenattacken.
Ansonsten kühl, feucht und trüb

Am Morgen war´s draußen nass und trübe. Ming wollte um viertel vor sieben geweckt werden um gleich loszuüben, und den dargebotenen Tag sinnvoll zu nutzen.

Nun lag er bereits wach im Bett, und wartete im Grunde nur darauf, endlich geweckt zu werden.

Einer überreifen Frau nicht unähnelnd „versorgte" ich Ming gleich mit Klatsch & Tratsch: Daß der Freund von der Ina dort übernachtet habe, wie sein Auto als stummer Zeuge zu erzählen schien. Die Eltern hingegen sind in den Urlaub gereist. Ich erzählte Ming, wie der Herr mit dem Maulkorbbart frug:

„Kommst du mit?"

„Im Prinzip sehr gerne, aber ich habe gedacht, ich sollte mich ein wenig in Mathe knien…" habe die

Ina einen für sie völlig untypischen Lerneifer an den Tag gelegt.

Rehleins Platz in unserem Leben ist derzeit leer, und im Kleinen wirkt's bei uns so wie in einer Familie, wo die Mutter verstorben ist.

Ich frühstückte mit Vater und Bruder, und es war sehr nett.

Ming schwärmte, daß eine Frau wie die Linda, die schön, nett und klug sei, seinen Lebensweg bislang noch nicht gekreuzt habe. „...oder?" setzte Ming fragend, aber auch nett und verbindend hinzu, weil er ja keine andere Frau beleidigt haben will.

Ming erzählte vom Fritzi:

Was der sich für ein bonfortionöses Haus baut, und dafür allerdings an allen Ecken spart und knausert. Neulich mußte er für sein Messiaen-Quartett schweren Herzens einen Raum mieten, und es hat fast hundert Mark gekostet. Da druckste er vor dem Herwig ein wenig herum und sagte: „Ich krieg von Dir noch..." Doch der Herwig antwortete: „Zieh' es im Sommer von meiner Gage ab!" und der Fritz hatte sich doch so raffiniert gedünkt, nachher die ganze Miete absetzen zu können.

Bei den Otloffs wirkt's nun wiederum so, wie in einer Familie, wo der Vater gestorben ist.

Mutti Otloff trinkt immer nur Kaffee, und im Grunde hält sie nun, wo ihr Mann weg ist, nichts mehr in Ostfriesland bij de Waterkant. Sie möchte in den Süden zurück.

Probe für Mozarts-Klarinetten-Quintett im „Güterschuppen" am alten Bahnhof:

Buz nervte schon im Voraus das, was zwar in der Luft lag, letztendlich aber gar nicht schlimm war: Das viele Gederede!

Inkas ach so kluge Einwürfe: „Mir war der Anfang jetzt, ehrlich gesagt, zu unruhig…" und daß Jan Misdling seiner Art gemäß alle Nas lang sagt: „Eine Bitte…." und dann kommt irgendetwas Ober-schlaues, was Buz (und mich) vielleicht nicht soo interessiert?

Buz muß sich um alles kümmern – bis hin zu Matratzen für die einzelnen Liegestätten.

Freitag, 23. Juli

Weißwölkig. Kühl

Im Traum *gab Mobbl mir endlich das erhoffte Zeichen, indem sie, nur scheintot gewesen, wieder bei uns war. Aussehend wie auf jenem Foto, wo sie etwas klapprig im weißen Negligée mit dem Opa auf dem Ohrensessel sitzt.*

Mobbln ging's ganz gut, und sogar Rehlein hatten wir herbeitelefoniert. Allgemein war's nicht zu fassen, daß Mobbl schon mal im Sarg unter der Erde lag, und doch noch lebte.

Naja, jetzt jedenfalls war sie wieder bei uns, und man muße sich sogar schon wieder ein bißchen über sie ärgern: Daß sie wieder viel zu viel vom Frühstücksgedeck auf einmal abtrug, so daß Rehlein „es" schon kommen sah...

Eröffnungskonzert:
Der Herwig spielte ein Solowerk von Herrn Heike, und hernach hat´s geheißen, daß eine Frau in der ersten Reihe gespöttelt habe: „Oh Gott, was ist daaas denn?" So daß der Herwig nach dem Konzert die rotohrige Ausstrahlung eines Herrn bekam, dessen Frau auf einer Party die ganze Zeit fremdgeknutscht hat.

Samstag, 24. Juli

Ganz schön. Warmer Sonnenschein

Im Traume schrieb Herrn Heike all seinen Bekannten handschriftlich den Anfang seiner Sonate auf eine Karte. Untermalt mit einem kleinen, auf den Jeweiligen zugeschnittenen Kanontext.

Rehlein am Telefon meinte, sie vermisse Buz nur ganz gelegentlich. Und wenn noch ein wenig Zeit vorbeirinnt, dann wird sie ihn gar nicht mehr vermissen, tröstete ich, da es ja theoretisch so kommen könnte, daß der Opa 110 Jahre alt wird, wie jener alte Mann, dem man immer alles laut ins Ohr hineinposaunen mußte – bloß, daß es dort rasch zu Staub zerfiel?

Wir probten in einem Klassenzimmer, dessen Ausstrahlung ich als nicht schlecht empfand. An die Tafel hatte jemand geschrieben: „Udo ist doof!"

Später gab es eine häßliche Krise mit der Paulette, einer Geigerin aus den Niederlanden. Das kam so: Die Paulette hatte sich gar nicht gescheit vorbereitet, und spielte nur vom Blatt, so daß Ming vorgeschlagen hatte, das anvisierte Werk vom Programm zu nehmen. Die Paulette jedoch war der Meinung, die Qualität reiche für die simplen Ostfriesen durchaus aus, und wenn man sich im Konzert etwas Mühe gäbe, so passe dies schon…

„Ich bin ein bißchen böse!" sagte sie auf Krisensitzungsherbeibeschwörungsbasis zu Buzen, zumal sie auch noch nicht wußte, wann am Abend „die Forelle" geprobt werden soll? („Geniale Organisation!" wie die Musiker oftmals triefend vor Hohn und fauchend denken.)

Buz tat mir so leid. Einerseits, weil er die Paulette als schöne und kluge Frau doch so verehrt, und zweitens weil er nun so ratlos in eine ratlose Nasenwühlstimmung geraten war, und dauernd Sätze wie beispielsweise „Ja, wie wollt ihr´s machen??" von sich gab.

Die Paulette bekam aber bereits Tränen der Wut in die Augen und stürmte ins Freie, und durchs Fenster hat man dann sehen können, wie es einen Disput gab. Man hätte gern „Mäuschen" gespielt, und gleichzeitig hätte man sich gerne davor geduckt!

Aber wahrscheinlich war´s so, daß die Paulette auf Buz, den sie vor Jahren doch sogar mal verführen wollte, eindispütelte, während der geschockte Buz die Wogen zu glätten versuchte.

Weil mir mein armer Papa so leid tat, sagte ich spontan „Ja!" als Buz mich frug, ob *ich* die Forelle spielen wolle?

Auf der Heimfahrt hoffte ich so, daß Buz mir spannende Details des Disputs erzählt, doch Buz war nur traurig und ganz einsilbig.

Später erzählte mir Ming, daß die Paulette so unleidlich war.

Einmal rief zur Mittagsstund´ der Herwig an.

Man fühlt sich immer so desorganisiert wie ein Schüler ohne Hausaufgaben, wenn man dem Herwig keine gescheite Auskunft geben kann, wo Ming sei? „…und das Wetter ist oosnahmswäise mal schön!" sagte beispielsweise der Herwig mit jenem gefährlichen Unterton, der verrät, daß es sich um einen hochkomplizierten leicht aufbrausenden Künstlertypus handelt.

Konzert in Aschedorf.

Jaap Misdling der schon wieder ziemlich zugenommen hat, war schweinderlfarben eingefärbt, und der Schweiß rann dermaßen in seinem Gesicht herum, daß es ausschaute, als habe er geweint.

Ich persönlich empfinde das Rumgeschlecke und Rumgepuste an der Klarinette in jeder freien Sekunde als unappetitlich und sogar leicht pornografisch.

Abends probten wir im Güterschuppen die Forelle.

Der Sascha am Kontrabass macht so einen nach Innen gewandten Eindruck, als sei ihm die Welt zum Ekel.

Zunächst spielten wir etwas buchstabiert, und der süße Buz saß bundestrainerartig dabei. Doch dann machte das schöne Werk wirklich Spaß. Zum ersten Mal spielte ich es ohne jenes lästige Gefühl, daß man dauernd berücksichtigen muß, was besprochen worden war.

Sonntag, 25. Juli

Zwischen weißbewölkt und sonnig

Buz bat Ming um einen kleinen Gefallen:

Ming zog bereits die Stirn fragend in eine tiefe Furche, die er aber gern wieder gelockert hat, als er hörte, daß er die Dame Gerswind aus der Schafsdrift herbeiangeln solle.

Buz wurde aber vom vielen Rumbedenken im Wirrwarr unseres Sommers, der ja im Groben, wie so quasi jede Ansammlung von Menschen, ein Kampf zwischen gut und böse ist, ganz konfus, und sagte zum Schluß in Friesenlogik: „Dann fahr ich am besten gleich mit," so daß der realistisch-bodenständige Ming natürlich daheim bleiben durfte. Ich aber fuhr mit, da es mir eine Herzensangelegenheit ist, so viel Zeit wie irgend möglich mit Buzen zu verbringen.

Buz strich Omi Otloff übers Haupt und sagt mit Blick auf ihre dünnen Beinchen: „Dich müssen wir mal gescheit ernähren!" Ob Omi Otloffs zartes Flämmchen der Hoffnung, daß Buz sie vielleicht wirklich einmal zum Essen ausführt, bald von der Einsicht, daß es sich ja doch nur um Gelaber handelt, gelöscht wird?

Auf der Heimfahrt erzählte Buz, daß ihn das grämliche Gehabe vom Herwig nerven würde.

Rehlein rief an und meinte, daß die Nikola, Opas Nichte, die zu Besuch gekommen war, um Rehlein in der Moribundensittelei abzulösen, dem Opa so gut täte, und der süße Opa sei so lustig gewesen.

Montag, 26. Juli

Zwischen wolkig und diesig

Einmal rief die Christiane an und beplauderte Ming über die Hochzeit von Jeannette S., die man mit Fleiß so gelegt hatte, daß ganz viele Leute vom Eröffnungskonzert ferngehalten würden.

Konzert in Reepsholt:

Während der Bruckner-Probe sah man bereits als ersten Zaungast Herrn Heike aufschimmern. Über Herrn Heike hatte ich erst heute morgen fast liebevoll nachgedacht.

Ganz still und bescheiden saß er in der Ecke auf dem allerschäbigsten Stuhl, von dem er annahm, daß sich kein anderer draufsetzen würde.

Aber jetzt in Natura rührte er mich nicht mehr — die kleine, unscheinbar gedrungene Gestalt in Lederkluft mit der gerunzelten Stirn.

„Erhol Dich gut!" sagte Herr Heike etwas weithergeholt, da´s ja noch gar nichts bestimmtes gab, von dem man sich erholen mußte, aber wahrscheinlich wünschte er mir, daß ich gleich ganz erholt mit der Bachschen Chaconne anhöbe?

Dienstag, 27. Juli

Wunderschön sommerlich

Buz war ein wenig enttäuscht, daß das Konzert in Norg gar nicht in der Kirche stattfand, wie man allgemein gehofft hatte, sondern in einer Art Cafeteria: Die Bühne war in den Boden eingelassen, und es hieß, es klänge „nach nichts".

Mittwoch, 28. Juli

Leicht bewölkt

Ich genoss die sturmfreie Zeit bis zum Abholdienst, trank Tee und schaute „Hallo Deutschland".

In Deutschland findet z.Zt. die Jagd nach einem brutalen Mörder statt: Dieter Zurweme, 57 Jahre alt. Ein Mensch, so bös, daß es schon jedes Maß zu sprengen droht: Nicht genug damit, daß er aus dem Knast entwich, wo er ohnehin wegen Mordes einsaß: Nach seiner Flucht ermordete er zwei Ehepaare, und vielleicht in Frankfreich auch noch zwei (vier Ehehälften). Vielleicht fasst man ihn nie, und wenn ich diese Zeilen in 50 Jahren lese, dann werde ich denken müssen: „Er wurde nie gefasst!"

Bald darauf kam das streichholzkurze Abholfräulein und pickte mich auf. Gemeinsam fuhren wir in die Schafsdrift um die Gerswind abzuholen, die wir dann später, symbolisch gesehen, als Bratschenbeute mit in den Güterschuppen brachten.

Im Auto lenkte ich die Sprache auf die übernächste Sonnenfinsternis, wenn die Daaje im Altersheim vielleicht sagen kann: „Boim letzschtö Mal, do hat mai Muddr noch g´lääpt!" Beim letzten Mal hat meine Mutter noch gelebt

Daheim erlebte ich eine Riesenfreude: Rehlein war zurückgekehrt!

Die Petra erzählte mir, daß der Prof. Kebap einen maliziösen Brief an die Hochschule geschrieben habe, weil er es nicht fassen konnte, daß ein Prüfling am Piano die Konzertreifeprüfung geschafft hat.

Nach der Exekution

des 3. Klavierkonzerts von Beethoven....

schrieb der Professor in einem für meinen Geschmack gar zu geistvollem, direkt journalistischen Humore…

Wir pickten den Herwig auf, der im Auto augenblicklich eine unerhörte Grämlichkeit ausströmte. Es ging um die Proben für das Messiaen-Quartett mit Ming vom 10. – 13. August, und man wurde nicht so recht schlau draus, ob der Herwig Ming in seine Säuernis wohl mit einbezogen hat, oder nur allgemein herumsäuerlte? Auf jeden Fall ging´s darum, daß man „gescheit proben" müsse, und daß der Fritzi nur noch seinen Hausbau im Kopf habe, und immer bloß vom Blatte spiele.

Ming gab dem Herwig in vielen Punkten recht, und doch ließ einen der Herwig nie ein Zeichen der Verbundenheit spüren, weil er leider bis zu den Haarwurzeln und darüber hinaus mit der berühmten Wiener Grantigkeit imprägniert ist.

Im Konzert:

Als der Tone am Flügel eine poetische Schubert-Sonate bot, legte ich mein Foto mit Opa & Mobbl neben mich auf die Kirchenbank, so daß ich wenigstens ein bißchen das Gefühl hatte, sie seien bei mir.

Donnerstag, 29. Juli

Fantastisches Wetter
wie auf einem Bild in einem Urlaubsprospekt

Einmal benahm ich mich Buzen gegenüber fast gönnerhaft, ohne es im geringsten so zu meinen:

Als ich sah, wie ungeschickt Buz das Teenetz aus der kochenden Kanne nahm, und es in der wahnwitzigen Hoffnung, die Tropferei möge kurz innehalten, bis zur Spüle trug. Auf dieser kurzen Wegesspanne hielt er einfältig seine Alabasterhände unter das Teenetz, aus welchem kochendes Wasser tropfte.

„Oh Gott!" rief ich mit arrogäntlichem Beiklang in der Stimme, doch dann tat's mir leid, und ich beschloss, wieder ganz besonders nett zu meinem Papa zu sein.

Der Nick hatte sich aus Verehrung für den Herwig jene Frisur schneiden lassen, die auch der Herwig auf seinem Haupte trägt. (Eine Sträflingsfrisur). „So sähe ihn die Schwiemu am liebsten!" scherzte ich, „hinter Schloß und Riegel – lebenslänglich!"

Dann scherzte ich noch, daß der Friesiersalon verschiedene Frisuren anbieten könne, und eine jede trüge einen Namen: Man müsse nur sagen: „Einmal Herwig bitte!"

Die Gerswind erzählte uns, daß die Daaje heute einen Eifersuchtsanfall bekommen habe: Als Mutti Gerswind ihr ein Bild zeigte, daß die kleine Marfa gemalt hat, heulte und schluchzte die Daaje wie von Sinnen eine halbe Stunde lang, weil sie gemeint hat, Mutti Gerswind würde nurmehr die Bilder von dem anderen Mädchen gutheißen.

Nachdem die Tränen endlich versiegt waren, hat die Daaje den ganzen Nachmittag lang das Bild von der Marfa kopiert, und malte noch viel mehr Tulpen und Schmetterlinge, um sich bei der Gerswind wieder Liebkind zu machen, und gab der Gerswind letztendlich sogar ein Bild für die Marfa mit!

Heute spielte ich nach vielen Jahren endlich mal in einem neuen Kleid (einem blauen Tuchkleid aus Rehleins Schrank). Ich stellte mit vor, wie ein Raunen durch den Saal zieht, und eine Seniorin einer anderen zuwispert: „Vom Regen in die Traufe!"

Freitag, 30. Juli

Wunderschön. Zuweilen weiße Wölkchen

Ming sprach schmähend über jene Leute, die immer bloß schnell durchspielen, und meinen, ihre Genialität könne ein gewissenhaftes Proben ersetzen, so daß Rehlein von seinen Worten ganz erschrocken herbeigeeilt kam, weil sie als Mutter Gewissheit brauchte, ob Ming vielleicht *mich* meint?

„Wer macht das?" frug Rehlein.

„So einige", sagte Ming vage.

Dann imitierte er noch demütigend, wie sehr unser Forellenquintett in Ter Apel geklappert habe.

„Da bist du ganz mein Sohn!" sagte Rehlein und konnte mit einigen Beispielen aufwarten, wie Buz es früher gehandhabt hat.

„Oh Gott, hoffentlich klingt der Fandango nicht auch so!" sagte Rehlein bang.

Nach dem Frühstück schlenderte ich durch die pralle Sonne zu unserem Probenort. (Einem Klassenzimmer.)

An die Wand hatte jemand düstre Worte geschrieben:

„Ich habe Böses getan…"

Nur die Petra verspätete sich leicht.

Rehlein lag im Unterhöslein auf einer Matratze auf dem Balkon.

„Irgendwo sitzt der S. in einer Baumkrone und filmt Dich!" merkte ich an, „und nachher führt er Herrn Rosenboom vom Landkreis vor, wie du dich, statt zu arbeiten, stundenlang auf dem Balkon in der Sonne geaalt hast!"

Beim Üben malte ich mir aus, *wie ich mit der Sammelbüchse die Graf-Enno-Straße abklappere, um für den „Musikalischen Sommer" zu sammeln:*

„Ist Ihnen mit zwei Mark gedient?" frägt eine müde Hausfrau am Straßenbeginn.

„Jeder Pfennig ist willkommen!" sage ich jovial wie Pastor Rübel.

Herr Waldemeyer gibt 50 Mark, weil ich ihm mal zum Geburtstag geschrieben habe. Frau Priwitz gibt acht Mark, Frau Rautenberg zwei. Herr Otten schaut seine Frau unsicher an, und seine Frau zückt zwei Mark, und der Nachbar, Herr Runge, frägt: „Was hat DER nebenan gegeben?" „20 Mark" sage ich geistesgegenwärtig, und dann gibt mir Herr Runge 40…

Samstag, 31. Juli

Warm und sonnig

Ming und Ramon probten die Chopin-Sonate.

Ming unterbrach sehr oft mitten in der Phrase, doch – anders als ich – lässt der Ramon es sich nicht nehmen, Gegenargumente zu Mings Worten aufzufahren, um nicht in die Defensive zu geraten.

Einmal sagte er, so mehr oder minder einen Kompromiss suchend, um die kumpelige Herzlichkeit zu wahren, zumal man es sich mit Leuten, die man noch mal brauchen könnte, nicht verscherzen sollte: "…aber nicht so offensichtlich.."

„Nein," sagte Ming, „aber offenHÖRLICH!"und ich lachte dazu, weil ich es so lustig fand.

Bald darauf begab ich mich zum Georgswall, wo Buz, umrahmt von einer Gruppe interessierter Asiaten, jene schlanke Koreanerin, die unlängst in unserem Wohnzimmer stand, in Chausons-Poème unterrichtete.

Ich hatte mir die Zeitung mitgebracht, und studierte die Todesanzeigen, da es mich seit Mobblns Exitus naturgemäß noch mehr interessiert, ob andere auch verstorben sind, bzw. wie tief sie betrauert werden.

Nach der Probe rannte ich nach Hause, doch später erzählte ich Rehlein, daß ich die Zeit, die ich vielleicht durch die Rennerei eingespart habe, später im Duschhäusl wieder ausgebe, da ich durch das Rennen zu müffeln begonnen hatte.

Der Nick erzählte vom Alltag mit der Schwiemu, die ihn immer belehrt. Ich empfahl, für die vielen Belehrungen ein Heft mit alphabetischem Register anzulegen. Heute hat sie ihn belehrt, daß Teeflecken nie wieder herausgehen. Das könnte er z.B. schon mal unter „T" eintragen.

August 1999

Sonntag, 1. August

Warm und sonnig. Gelegentlich Wolken

L eicht unbefriedigt molk Ming den PC nach Liebesgrüßen aus Übersee ab.

„Das sollte man vielleicht am Vortag klären!" sagte Ming belehrend, als ich vergebens in der Landschaft nach einem Abholdienst herumrang.

Später benörgelte er Buzen, der schon seit 50 Minuten die gleiche Stelle im Schumann-Quartett übte, und in der Küche wurde Ming grämlich, weil alles einfach herumstand.

Im Güterschuppen begrüßte ich Martin R., einen Hornisten aus der Schweiz, der jetzt eine schwarze Hornbrille trägt, und sehr ernst und verdrossen geworden ist.

In jedem Sommer lernt man nette Leute kennen, doch die Nettigkeit flaut mit der Zeit etwas ab, und manche werden grämlich und unleidlich, wie beispielsweise Herwig und Paulette.

Die Nora und die freudlose Bedienerin im Zentralcafé, die lernte man verdrossen kennen, und mit der Zeit lichtete sich ihre Verdrossenheit etwas auf, und sie wurden netter.

Beim Martin spürte man schon im voraus die Qual, daß jetzt womöglich niemand das Stück kenne? Der Kopist hatte gar eine ganze Zeile in meiner Stimme unterschlagen, so daß es entsetzlich klang.

Der Martin redete ganz viel, und es ging ihm immer nur „um die Sache." Doch solche Leute empfinde ich grade als anstrengend, weil man sich als Mensch so herausgefiltert fühlt.

Einmal telefonierte ich mit Herrn Ahrend. Herr Ahrend erzählte mir, daß er sich abends immer geistig beschäftige. Seine Worte aufgreifend philosophierte ich Ming wenig später an, wie die dummen Leute Abends immer Wein trinken, sich vor den Bildschirm fläzen, und ihr Gehirn liegt wabbelweich und unbenützt, so quasi wie hingeschissen, unter der Schädelkalotte. Doch meine Worte dienten mehr dem Zweck, Ming durch eine schlaue Äußerung zu imponieren, und entsprachen nur bedingt meiner Meinung, da ich's ja am liebsten selber so handhabe.

Ich freute mich auch schon ganz arg auf meinen Ehefilm mit Horst Buchholz vor, doch dann sind Rehlein und Buz vom Konzert heimgekehrt.

„Wie war's?" frug ich.

„Gu-hut, sehr schön", meinte Rehlein gedehnt.

Montag, 2. August

wunderschön

Zu Beginn der Probe fand ich mit der Amalia ein verbindendes Thema: Wie entsetzlich die Probe gestern gewesen sei.

Amalia: „Ich dachte, ich sterbe!"

Heute war´s aber viel netter, zumal der Komponist, Herr Stoppelenburg im Saal saß, und sich als angenehmer Mensch und Musiker entpuppte.

In der Pause begrüßte ich meine Freundin Simone, und redete gleich ohne Punkt und Komma auf sie ein: Ich erzählte eine Hamann-Geschichte, die ich gestern erfunden hatte: Herr Hamann freut sich so unbändig auf seine Pensionierung, und nimmt sich ganz viel vor: z.B., nicht mehr eifersüchtig zu sein. Doch es kommt anders, als er es sich so gedacht hat: Am Morgen des ersten Frühstücks als Pensionär eröffnet ihm seine Frau: „Ich verlasse Dich!"

„Darf man fragen warum?" würgt der seelisch tödlich Getroffene nach dem ersten Schrecken hervor.

„Unsere gemeinsame Zeit in diesem Leben ist vorbei!" sagt seine Frau ruhig.

Dann überreicht sie ihm acht rote Rosen und sagt: „Ich danke Dir für acht wunderschöne Ehejahre!" bevor sie dann aus der Türe hinausgeht und nie wiederkehrt. ..

An Weihnachten muß Herr Hamann dann einen sehr traurigen Rundbrief schreiben: „In 1999 (schlechtes Deutsch wie vom Onkel Rainer) war es ein sehr schicksalbehaftetes Jahr für mich!"

Bald darauf probten wir auf der Bühne weiter, und Herr Stoppelenburg schoss ein paar Fotos von uns als kleine Erinnerung, weil wir uns mit seinem Werk abgemüht haben.

Buz war sehr vergnügt, weil die CD mit dem Bruckner-Quintett so schön geworden ist. „Das klingt richtig wie ein großer Geiger!" sagte Buz an einer Stelle freudig über sich selber. Buz sieht immer so süß aus, wenn er sich freut. Wie ein Mensch mit Milchzähnchen, weil man bei ihm so viel Zahnfleisch sieht.

Rehlein meinte, daß die Gerswind sich schon Allüren angewöhnt habe wie der Yossi, und ein Getue drauf hat, als seien alle anderen Spieler ihre Untergebenen.

Ich erzählte der Simone von Herrn Gerke aus Murrhardt, der professionelle Violinstunden nimmt, und bereits bei der G-Dur Sonate von Brahms angelangt ist. Seine schwäbische Violinlehrerin arbeitet nach dem Farbsystem, indem sie überall in die Noten farbige Punkte hinein klebt. Jede Farbe hat eine andere Bedeutung – bloß hat Her Gehrke so wenig Zeit, daß er sich immer nicht gescheit merken kann, welche Farbe nun welche Bedeutung habe? Rot: Das ist ´ne Gefahrenstelle!

Gelb: Erst denken dann streichen!

Grün: Das ist ´ne Schleppstelle!

Und blau? Vorsicht! Hier tendieren Sie dazu, zu eilen! (oder so ähnlich)

Dienstag, 3. August

Wunderschön.
Nur am Abend zogen zarte weiße Wolkenbänke auf

Am Morgen hörte man den armen Ming im Bade würgen. Ihm war übel geworden, und schon am Vormittag wollte der käsig Bleiche einen kleinen Spaziergang unternehmen. Wir liefen den Ostfriesland-Wanderweg entlang…Gedanken an Omi Nowak wurden wach, da sie, zwei Jahre nach ihrem Tode, in meinen Gedanken noch immer präsent ist.

Ihr wurde eines Morgens übel, dann ging sie zum Arzt und starb dort im Alter von nicht einmal ganz 61 Jahren in der Praxis. (Sie starb im Juni, und im August wäre sie dann 61 geworden.)

Im Laufe des Tages dachte ich noch öfters darüber nach, *wie der Arzt sich überlegt hat, wie er Herrn Nowak schonend beibringen muß, daß er Witwer geworden ist.*

Doch bei all dem Herumbrüten kam nur der uralte Witz heraus:

„Sind Sie der Witwer Nowak?"

„Nowak ja, Witwer nein!"

„Wollen wir wetten?"

aber – um es mit Herrn Ahrend zu sagen: „Spaß beiseite!"

Ming und ich probten die Schumann Sonate für den Abend, und Ming ging´s die ganze Zeit schlecht.

Einmal sagte ich: „Da sieht man, daß es auch seine Schattenseiten hat, Verwandte zu haben: Manchmal ist es schön, daß man sie hat – doch wenn sie dann krank werden, dann ist es nicht mehr schön!"

Heute mündete unsere Schumann-Quartettprobe bereits in ein erstes Vorspiel vor zwei Damen: Veronika und Han-Lin.

„Aber ihr dürft nicht lachen!" breitete Buz mit Worten bereits profylaktisch einen Abfederungs-puffer für eventuelle Vorkömmnisse in diesem frischgelernten Werk aus…

Hernach war Eile geboten, da Buz seinen Spezi Peter in die Börse eingeladen hatte. Die vereinbarte Zeit stand künstlertypengemäß schon etwas über, als Buz im Auto etwas gestresst in die Graf-Enno-Straße einbog.

„Herrgott!" sagte Buz so wüst, als jemand bedächtig vor ihm einzuparken drohte.

„Mein Gott! Was für eine Eile, in die Börse zu gelangen!" sagte ich ein wenig ehefrauenhaft im Tonfall, was strenggenommen nicht so nett war.

Buz hat den ganzen Tag Stress, und auch Rehlein empfing ihn gleich mit Mißlichem: „Dem Ming geht´s schlecht!" sagte sie in einem Tonfall, so als läge Ming bereits im Sterben.

Einmal litt ich wie Rehlein am Dalton-Syndrom*, indem ich zwei Unnötigkeiten tätigte: Ich spielte Ming Kasperle vor, so wie man´s ja gemeinhin mit Kranken macht, und Buzen schrieb ich einen kleinen Zettel: „Lieber süßer Papa! Was wollte ich jetzt grad noch schreiben? Hab´s vergessen…."

Dann hab ich Ming sogar den Frack eingepackt, und kochte meinem Schatz eine ganze Kanne Gesundheitstee.

*Die Neigung, vom Pfade seines Tuns hinabgeschwemmt zu werden

Mittwoch, 4. August

Sonnig & heiß

Ich erzählte der Veronika, daß man Buzen 24 Stunden rund um die Uhr anrufen könne, und Buz sei immer freundlich, auch wenn der betrunkene Markus B. ihn um vier Uhr morgens aus dem Schlaf rupft, um weinerliche Sentimentalitäten an ihn hinzuschwallen.

Die Amalia machte sich Luft über den Martin: „Ich hasse ihn!" sagte sie, weil er ihr unverhohlen in den Ausschnitt geschielt hatte.

„Er hat eine Frau und ein Kind, und ich habe einen Freund! Warum macht er das?"

Donnerstag, 5. August

Hellgraue, aber dicke Bewölkung. Regen

In der Stube wartete bereits ein lieber Frühstücksgast auf uns: Die Veronika!

Buz stieg soeben aus dem Duschhäusl und hatte seinem fröhlichen Naturell gemäß durch die Duscherei frischen Mut geschöpft, nachdem Ming ihn kritisiert hatte. Nun hatte der süße Buz schöne Pläne gefasst, wie wir unser Schumann-Quartett gescheit proben wollen, um es plastischer zu gestalten.

Später gab Buz sich in der Probe allerdings eilig und hektisch. Wenn etwas besprochen wurde, gönnte er den Worten der Anderen nicht den geringsten Nachhall, sondern krümmte sich sofort auf Zu-Potte-komm-Manier in hektischer Spielbereitschaft über seine Violine.

(„Komm, machmal!")

Hernach schien ihm die Aura vom Ramon besser zu taugen, als die Aussicht, zu Rehlein an den heimischen Herd zurückzukehren und ihre Ermahnungen anzuhören.

Buz nahm eine Haltung ein, als wär's praktisch ein Muss, mit dem Ramon in die Börse zu gehen.

Die Veronika wär sogar fast mitgegangen, doch mir gelang´s, sie vor dieser Dummheit zu bewahren. Ich bewahrte die Veronika vor einem verlegenheitsdurchtränkten Mittagessen mit zwei Herren, die hauptsächlich bullschitten, und sie als Frau womöglich gar nicht in ihre Gespräche mit einbeziehen würden? Bei Gesprächen zwischen zwei Musikern geht´s hinzu ohnehin fast immer nur darum, wen man wann und wo gehört habe, und wer „irre gut" bzw. „ganz schlecht" sei.

Nach dem Konzert:

Leider habe ich zu Herrn Heike ein ambivalentes Verhältnis: Von der Aura her taugt er mir wenig. Vorallem wenn er mit so wichtig gerunzelter Stirn, an einen alternden Gunnar H. erinnernd, irgendetwas Bedeutungsvolles sagt, das mich wenig interessiert. Aber andererseits konnte ich mich mit den Anderen gar nicht gelöst unterhalten, weil mir Herr Heike so leid tat, und ich das Gefühl hatte, man müsse ihn eine Spur herzlicher verabschieden. Bedrückt stellte ich mir vor, wie er freudlos bei Dunkelheit und Regen mit seinem Motorrad hinfortrollt, und außer mir niemand bemerkt hat, daß er sich nicht mehr unter den Gästen befindet.

In Münkeboe ist es nach Einbruch der Dunkelheit immer unglaublich finster, weil die Münkeboer alle sehr früh zu Bett gehen, und nach zehn Uhr somit alle Lichter gelöscht sind! Straßenlaternen gibt es nicht.

Freitag, 6. August

Trotz weißer Wolken Sonnenschein

Seit mehr als einem Monat trauere ich Mobbln hinterher, und fühle mich durch muntere Gesellschaft und übersprühende Lebenslust immer sehr in meiner Trauerei gestört. Nun aber saß der Rudolf an unserem Eßtisch, und brachte eine gewisse Frische in unsere Wohnstube. Ich liebe ihn!

Vor einigen Jahren hatte Rehlein die Idee, den Rudolf aus Amerika ein ganzes Jahr lang zu uns zu nehmen. Er sei so lebhaft und inspirierend, daß in seiner mitreißenden Aura niemand ruhig sitzen bleiben kann, doch mittlerweile ist er erwachsen und sehr ruhig und gemütlich geworden. Das ganze Feuer der Jugend scheint er damals in seinen wilden Jahren verbraucht zu haben.

Der Rudolf erzählte uns ein Tragikum aus Texas: Eine Familie hatte bei McDonalds gespeist, und dann schaute man nach dem kleinen Töchterlein das draußen gespielt hatte: Es saß auf einem Klettergerüst auf dem angrenzenden Spielplatz und schlief – dachte man! Vorsichtig trug man das schlafende Kind ins Auto, doch daheim stellte man dann fest, daß es gestorben war, weil es von einer grünen Mamba, oder sonst einer Giftschlange, die in einem ausgehölten Reifen lebte, gebissen worden war.

Dann schwappte die Probenwoge herbei, und im Auto erzählte ich dem Christoph bannende

Blosergeschichten, die so viele Äste und Zweige bildeten, daß sich eine regelrechte Baumkrone an zu Erzählendem auftat, die mir das Gefühl vermittelte, daß wir erst am Anfang unserer Bekanntschaft stünden, weil´s noch so viel zu erzählen gäbe…

Nach der Probe fuhr ich mit Buzen heim.

Mit mir alleine im Auto strahlte Buz gleich wieder jene beleidigende, ignorante autistische Nasen-wühlstimmung aus.

„Wenn das Wetter so bleibt, dann können wir uns die Sonnenfinsternis in den Arsch schieben!" sagte ich meinem Naturell ein wenig entgegenlaufend, um mir vor Buzen einen lockeren, modernen Anstrich zu geben.

Samstag, 7. August

Regen

Am Morgen rief der Opa an. Rehlein begrüßte ihn so unglaublich nett mit den Worten: „Hallo süüüßestes Oooopalein!" Doch man merkte bald, daß es sich schon wieder, grad so wie gestern, um ein Dampfablassungstelefonat über die Nikola und ihre Söhne handelte.

Ich schaltete die Lautstärketaste an. Eigentlich klang der Opa angenehm griffig, doch er beklagte sich bitter, daß die Gäste ihm die Nerven kaputt machen würden.

„Wie kann man mir hier solche Leute reinsetzen!"
frug er mehrfach fassungslos, „die mir dauernd
widersprechen!?"

Verdrüsse gibt´s derzeit in meinem Leben zwei:
Den Opa/Nikola-Konflikt, und die Sache mit Herrn
Ahrend. Seinem rasenden Temperament zufolge
tendiert Herr Ahrend nämlich ein wenig dazu, durch
die Rüpeleien eines Einzelnen alle Musiker in einen
Topf zu werfen, und so, wie Franz Fuchs mit den
Ausländern verfuhr, ein „Anti-Musiker-Doc" in
seinem Gehirn zu installieren: Aus glühender Liebe
wurde rasender Hass, und als Rehlein später einmal
anrief, um die Wogen zu glätten, da hat er einfach
den Hörer aufgeknallt!

Die arme Nikola hat am Telefon sogar geweint!

Wir sprachen davon, daß Rehlein und Buz in
gewisser Weise eine Ausnahme seien, da sie in ihrem
Ehepartner ganz sicher nicht den Vat- bzw. die
Mutter gesucht hätten, denn verschiedenere
Menschen als Buz und Opa bzw. Rehlein und Omi
Ella kann man sich eigentlich kaum denken!

Bzgl. Rehlein machte ich mir so meine Gedanken:
Wenn beispielsweise der Opa 110 Jahre alt würde,
dann müsste Rehlein die Jahre zwischen 60 und 80 in
Ofenbach mit Opasitten zubringen, und zum Dank
sagt der tütelige Opa hernach: „Ach die Erika? War
die da? Weiß i gar net!"

Über den dicken Sohn von der Nikola dachte ich
auch nach: Leider ist er so dick, daß man kaum

damit rechnen darf, daß er jemals wieder schlank wird, und dabei ist er doch unser Verwandter, den man verwandtschaftsgemäß liebt! Ich tendiere ein wenig dazu, traurige Gedanken in meinem Kopfe hin- und herzuwerfen:

In der Schule wird er wahrscheinlich immer verhöhnt und verspottet, und wenn er durch die Gänge wabbelt, dann kichern die Mädchen und giggeln: „Das Fass!"

Sonntag, 8. August

Weißwölkig – abends Regen

Am Morgen ging es bei uns, grad wie in einer russischen Familie, unerhört laut und chaotisch zu: Buz rasierte sich, und Ming drosch das h-moll Scherzo von Chopin für die Vorstellung am Abend. Um es ertragen zu lernen, müsste man noch mehr Lärmereien hinzunehmen, die man dann nach und nach abbauen könnte.

Ming frug streng, ob unser Schumann Quartett schon besser geworden sei, und von uns Damen kam der Vorschlag, daß Ming mit in die Probe kommen könne, um uns künstlerisch zu beraten.

Das wollte aber wiederum Buz nicht, weil´s ihn vor seinen Spezis blamieren würde, von seinem eigenen Sohn belehrt zu werden.

Montag, 9. August

Bewölkt, Duschregen. Abends wunderschön

Rehlein & Ming würden am Abend wieder auf unbestimmte Zeit verreisen: Rehlein zum Opasitten, und Ming zunächst zur Messiaen-Quartett-Probe in Österreich, und dann sogar in die USA!

Buz gehört zu jenen Verwandten, die man trotz der großen Liebe, die man für ihn empfindet, in Abwesenheit fast besser genießen kann als in Anwesenheit, weil er in seiner Anwesenheit immer abwesend und in seiner Abwesenheit immer anwesend ist (durch Rehleins Erzählungen).

Ich hoffte, daß Ming sich vielleicht in die Luisa verliebt. Es bedarf ja im Grunde nur eines kleinen Auslösers, nämlich, daß sich die vom Weine leicht enthemmte Luisa plötzlich wild und ungestüm in seine Arme schmeißt, und plötzlich hat Ming gar keine Lust mehr, nach Amerika zu reisen, so wie ich damals gar keine rechte Lust mehr hatte, das Konzert mit Herrn Bloser zu geben, nachdem ich plötzlich anderweitig verliebt war.

Mittags saß der Christoph-Otto in unserer Stube, während Rehlein am Mittagessen arbeitete, und sich eine allgemeine Mittagsstimmung ausbreitete. Es gab Blattspinat und Klöße, und Buz erzählte, daß Jaap Misdling leider nur noch betrunken sei, und mit glasigen Karnickelaugen auf der Pressekonferenz erschienen war.

Ich hätte so gern meine interessante These, daß Jaap Misdling seinen Kummer bzgl. der schönen Annemarie, die ihm ein anderer vor der Nase hinweggeschnappt hat, hinabspülen müsse, angebracht, doch niemand hörte auf mich.

Draußen ging ein prasselnder Duschregen nieder, so daß sich sogar Buz interessiert ans Fenster gesetzt hat, um diesem Naturspektakel beizuwohnen.

Im Fotoschop regte ich mich über die grässlichen Bediensteten auf, die einem nie signalisieren, ob sie überhaupt bedienungswillig sind?

Daheim wurde bereits auf ärmelzurückkremplerische Weise herumgepackt und organisiert. Man sah den Abschied auf sich zurollen und war doch wie gelähmt, und verstand sich kaum darauf, die verbliebene Zeit zu genießen.

Beim Abschied liebten wir uns unglaublich. Ming und ich küssten uns auf jeder Straßenseite. Einmal als Anblick für die Nachbarn, und einmal auf dem Stammknutschplatz von der Ina und ihrem Freund, wie wild.

Ming und ich sehen uns jetzt mindestens 40 Tage lang nicht mehr.

„A-Sann! Wir müssen bald wieder miteinander spielen!" rief Ming bei der Abfahrt, weil´s ihm leid tat/tut, daß er während des Sommers eigentlich

kaum was mit mir zu tun gehabt hat. „Nicht zuletzt
wegen des Geldes!" fügte er in trockenem aber
nettem Humore hinzu.

Dienstag, 10. August
Aurich – Göttingen - Grebenstein

Regnerisch trübe – Wolkenbruch, dann zart-lieblich
und immer wieder feuchte Wolken

Abends waren wir in Grebenstein bei der Oma.
Die Omi war etwas rappelig, weil morgen die Uta
kommt, und strengte die Omi Buzen mit ihrer
aufgeladenen Rappeligkeit sehr an. Buz benahm sich
seiner Mutter gegenüber leicht streng und barsch,
weil sie dauernd Klagelieder einstimmte, daß Buz so
selten zu Besuch käme, und Buzen zieht´s doch
morgen schon ganz früh wieder weg zur
Sonnenfinsternis.
Manchmal barschte Buz, wenn auch mit einem
kleinen Augenzwinkern behaftet, los und sagte:
„Jetzt HÖRST Du auf!"
Die Omi war anschmiegsam und ausgehungert
nach Liebesbezeugungen, und so wurde Buz auch
wieder nett und anschmiegsam, und betupfte Omis
Wangen mit vielen lieben, leicht stakkatierten
Küßchen, von denen die Omi wieder froh wurde.

Mittwoch, 11. August
Grebenstein – Baden-Baden

Fast immer Schnürlregen –
nur während der Sonnenfinsternis klare Oasen
am Sahnewolkenhimmel

Erhoben um 5

Sogar die süße Omi verknuddelte ich noch (schon) im Morgengrauen, bevor ich mit Buz die Reise antrat, die ganz von der Vorfreude auf die Sonnenfinsternis geprägt war.

Während der Fahrt las ich Buz aus dem *Spiegel* vor: z.B. ein Interview mit einem Wissenschaftler, der meinte, daß es irgendwann nurmehr ringförmige Sonnenfinsternisse geben wird.
„Wie schade!" sagte der Spiegelreporter so rührend, und sprach uns damit aus der Seele, doch für die nächsten 150 Millionen Jahre geht´s sich wohl noch aus?

Buz bekrittelte meinen Lebensstil: Daß ich mich von allem Irdischen zurückziehen würde. Ich verteidigte mich nicht und kramte auch keine Returkutscheleien hervor, wie dies eine normale reife Frau in meinem Alter wohl gemacht hätte? Auch wenn man das brennende Gefühl, das bei Erwachsenen ansonsten bei solcherlei Geschossen auf der Seele keimt, sehr wohl fühlen konnte.

Unsere Sonnenfinsternis erlebten wir auf einem Hügel bei Heilbronn, wo es neben dem Naturspektakel auch noch gelbe Stoppel- und sattgrüne Salatfelder zu bestaunen gab. Vereinzelte Picknicker hockten mit ihren Schutzbrillen herum.

Das trichterartige Absinken in die Dunkelheit begeisterte Buz und mich.

Dadurch, daß Köln so fernab von der 100% Sonnenfinsternis-Zone liegt, konnte ich mir kaum vorstellen, daß nur *ein* Kölner zuhause geblieben ist.

Wahrscheinlich war die ganze Stadt leer. Bloß, als dann die Kölner von dem Spektakel „sun & fun" zurückkehrten, da war ihre Stadt von Außerirdischen besetzt – haha!

Anders in Rumänien – einem Land, das normalerweise nicht zu beneiden ist: Dort herrschte eine 100% Finsternis die unglaublich lange anhielt.

Dann war die Sonnenfinsternis vorbei, (für die nächsten 97 Jahre), und wir wälzten uns in lästigen Staus gen Pforzheim.

Buz bekam schlechte Laune, weil er Hunger hatte und wühlte andauernd in hohem Grämlichkeitsgrad in der Nase. Pforzheim sah so häßlich aus wie Kassel-Nord, und so, als wolle es einen Pokal im Häßlichsein gewinnen, und hinzu regnete es auch noch.

„Die Sonnenfinsternis hat´s nicht zuletzt deshalb gegeben, damit man sein Leben neu überdenkt!" sagte ich nett.

Bei prasselndem Regen suchten wir mühsamst die Spichernstraße. So lange, bis wir sie endlich gefunden hatten.

Dann begrüßte ich Veronikas Mutti mit einer Umarmung, und Buz begrüßte die Jubilatorin, die ja vergangene Woche den 75. feierte „bloß" mit einem warmen Händedruck, weil er sie ja praktisch erstmalig sah.

Heute merkte man allerdings, daß man mit 75 auch nicht mehr die Jüngste ist, weil es Mutti Himstedt mit leichtem Stress erfüllt hat, „hohen" Besuch zu haben. Emsig schmierte sie in der Küche Marmeladenbröter für uns.

Buz ist zwar nett, hat aber im Grunde nur wenig Gespür für die seelischen Nöte älterer Damen, und ließ gar durchblicken, daß er einer Übernachtung nicht abgeneigt sei.

„Oder?" frug er mich unsicher.

Sogar *Herrn* Himstedt lernten wir noch kennen. D.h. ich kannte ihn ja schon, jedoch nicht als Schlagbefallenen. Herr H. sah süß aus, erinnerte an Onkel Dölein, und wirkte ganz jugendlich.

Januar 1993:

Erinnerungen an den damals noch juvenilen Herrn Himstedt (69 Jahre alt und im Vollbesitz seiner geistigen Kraft).

Ich besuchte meine Freundin Veronika in den Winterferien in ihrem Elternhaus in Pforzheim, und die Veronika saß wie auf Kohlen vor Verlegenheit, daß der

Vater - Geistlicher von Beruf – das Abendessen wohl gleich feierlich mit einem Gebet eröffnet, und die Familie vor der Enkelin des großen Pannonius und Tochter ihres verehrten Violinlehrers blamiert?

Herr Himstedt jedoch erwies sich als so feinfühlig, daß er die Gedanken seiner Tochter genau erspürt hat.

„Heute beten wir mal nicht!" sagte er freundlich.

„Oh bitte doch!" sagte wiederum ich, da ich schon ganz auf ein feierliches Gebet eingestimmt war...

Sogar geübt habe ich, wenn auch ohne Noten, und im letzten Satz der Ysaye-Sonate war mir ein Akkord entfallen, so daß ich das Gefühl beibehielt, meine Arbeit habe einen Fettfleck!

Mutti Himstedt rumpelte derweil in der Küche und dachte in fiebriger Aufregung: „Ob eventuell ein Abendessen gewünscht wird?" (Dies dachte *ich* mit *ihrem* Hirn)

Buz unterwies die Veronika im Vibratospiel, und würde sie wohl jetzt noch unterweisen, wenn ich nicht ausgerufen hätte: „Yehüdi! I´le six heures!"

Eine Anekdote aus unserem langen Leben:

Rehlein hatte sich so große Mühe gegeben, dem jungen Buz eine Audienz bei Yehudi Menuhin zu verschaffen. Schließlich war es so weit: Buz wollte dem großen Geiger seine bahnbrechenden Erkenntnisse im Violinspiel darlegen, und man reiste nach Gstaad in die Schweiz. Dort mußte das junge Ehepaar den ganzen Tag lang warten und sich gedulden. Schließlich wurde Buz gegen 17:52 in Menuhins Arbeitszimmer gerufen. Doch kaum hatte Buz seine Papiere gescheit ausgebreitet, da ging die Tür auf, und Diana M., die

Ehefrau des Virtuosen sagte: „Yehudi, ill est six heures!"

Wir wälzten uns durch dichten Verkehr Richtung Freiburg, kamen bald wieder in einem Stau zu stehen, so daß wir viel Zeit hatten, uns der Unschlüssigkeit hinzugeben, wo wir wohl übernachten sollten?

Wir übernachteten beim Alfonse, der schon so nett alles hergerichtet hat. Die ganze Zeit, während wir mit Veronikas Schulfreundin Ulrike in der Pizzeria waren, hat er nur daran gearbeitet, es uns so schön wie möglich zu machen.

Buz duzte die Ulrike einfach, und sagte so nett: „Die Schulfreundin von der Veronika kann ich unmöglich siezen!" Eine Freiheit, die er sich bei Mutti Himstedt jedoch nicht herausgenommen hatte.
Bald darauf sprach man über Bogentechnik, und die Ulrike hoffte, bei Buzen offene Türen einzurennen, als sie beklagte, daß noch immer niemand auf die Idee gekommen war, Fingerkuhlen in die Bogenstange hineinzustanzen, auf daß der Bogen noch stabiler in der Hand läge. Doch Buz erklärte ihr mit Hingabe die Feinheiten in der Bogenführung, die auf diese Weise verlorengehen würden, und die Ulrike schämte sich so süß für die vorangegangenen Worte.

Donnerstag, 12. August
Baden-Baden

Zunächst weißwölkig – ab Nachmittag
unaufdringlich sonnig

Buz und ich tröpfelten ans Tageslicht. Der Alfonse hatte unten an seine Türe die Botschaft hingeheftet, daß er einkaufen gegangen sei.

Nur für uns war der „Diener Wang" zum Brötchenkauf unterwegs, und als er dann zurückkehrte, hat er´s uns so schön gemacht!

Der Alfonse hat sich im Laufe seines langen Lebens ein Riesenrepertorium an Scherzen und Wortspielereien zugelegt, und wenn dann Gäste da sind, so kann er sie buzesgleich wie eine Spieluhr abspielen lassen. Wir lachten laut und blökend, als er sagte: „Kennt ihr die Geschichte vom Fotografen?" „Die kennt niemand. Die ist noch nicht entwickelt."

Der Alfonse erzählte, wie sein Vater immer andauernd am Fotografieren war, weil er so viel sah: Z.B. imposante Gebilde in Ölpfützen.

Nach diesem Quell an Erheiterung und Behagen führte uns der Alfonse durch Baden-Baden.

An einem Kiosk stand: Jackpot 10 Millionen! Da eilte Buz spontan in den Shop um Lotto zu spielen, und kehrte nicht wieder. Zum Alfonse, der in der Sonne so dastand, sagte ich: „Mein Papa überlegt sich gerade Lottozahlen. Doch ihm fallen keine ein."

An einem Laden murmelte ich: „Da gibt´s Hör-geräte!"

„Biddö?" sagte Buz.

Wir besuchten unser altes Haus in Bühlertal.

Gerührt malte ich mir Rehleins Leben als junge Mutti aus: Mit einem Ehemann, der im städtischen Symphonieorchester spielt. Ein Sujet für einen Chabrol-Film.

Buzen selber hatte seine Zeit in Baden-Baden nur mäßig gefallen, und dabei war er damals doch noch so herrlich jung, daß ihm sein 59-jähriger Kollege Herr Herberger uralt schien.

Ich mußte herzlich lachen, als mir einfiel, daß Buz sich damals Eichert*s Lache angewöhnt hat und bat Buz, mir vorzumachen, wie es damals klang, wenn er lachte.

„Wenn Du das nächste Mal lachen musst, dann musst du es mir vormachen!" sagte ich so süß.

*Spezi Buzens, der einst ein ganzes Jahr lang bei uns lebte

Abends dinierten Buz & ich in einem gemütlichen Lokal und fühlten uns wie in der Kur. Ob wir wohl wie ein „Chef/ Sekretärin"-Gespann gewirkt haben?

Freitag, 13. August
Baden-Baden - Frankreich

Sonnig mit Wolkengebilden

Am Morgen träumte ich wie fast immer einen hochverdrießlichen Traum: *In einem toskanischen Haus, in dessen Innerem es ausschaute wie im Freien (Traumesunlogik), fanden Kurse für Alte Musik statt. Ich suchte den Barockgeigenprofessor, dem ich unbedingt noch „Guten Tag" sagen wollte, bevor wir nach Südfrankreich aufbrechen würden, da ich selber dieses kleine Festival organisiert, und es geschafft hatte, den Professor dazu weichzuklopfen, 14 Tage lang unentgeltlich zu unterrichten. Ich suchte und suchte, und fand ihn ganz lange nicht, und als ich ihn dann endlich sah, war's besonders verdrießlich, daß ich grade auf der Klosettbrille saß, und noch nicht zur Neige gebronnst hatte!*

Und als ich mich verlegen erheben wollte, ließ sich mein Unterhöslein kaum hinaufziehen, da es sich so ungeschickt verzwirbelt hatte!

Im wahren Leben lag ich da, und war wieder soo müd. Sogar Buzen erzählte ich von meinem unnatürlich hohen Müdigkeitspegel.

„Du kommst vielleicht bald in die Wechseljahre!" sagte Buz etwas hajohaft.

(An den Hajo aus der Lindenstraße erinnernd, der auf diese wenig scharmvolle Weise mit seiner Berta zu reden pflegte.)

Frühstück mit dem Alfonse.

Der Alfonse schelmte gleich drauf los, daß er heute morgen unseren Autoschlüssel hat daliegen sehen, und in Versuchung geraten sei. Er hätte eine Spritzfahrt unternehmen können, und Buz hätte sein Auto nimmermehr gesehen. Bloß hätten wir dafür die Wohnung behalten können, und das Ganze wäre bei Null wieder herausgekommen, scherzte wiederum Buz.

Der Alfonse erzählte, wie er bei Edeka einzukaufen pflegt, und die Berieselungsmusik ihn störe.

Man führte ein Gespräch im Sinne vom August-Halm-Preis. Einem Preis, den die Musikhochschule Trossingen ins Leben gerufen hatte: Für besondere Verdienste gegen musikalische Umweltverschmutzung, wie es heißt.

Einmal rief Mutti Himstedt an, um zu verkünden, daß die Veronika vielleicht um 10:37 oder um 11:09 am Bahnhof Oos ankäme.

„Dann holen wir sie ab!" rief ich fröhlich, weil Mutti Himstedt trotz oder vielleicht sogar wegen ihrer anstrengenden Art, es immer allen recht machen zu wollen, so besonders gerne hab.

„Um Gottes Willen!" sagte Mutti H. „Sie müssen doch drei Stunden üben!"

Auf rührende Weise hatte sich Frau Himstedt gemerkt, daß ich mir den V., einen Geiger aus Sibirien zum Vorbild genommen habe, und wie dessen Mutti darauf bestand, daß jeden Tag ohne wenn und aber drei Stunden lang geübt wird.

Einmal kehrte die Familie nachts um ein Uhr aus dem Urlaub heim. Der junge Virtuose hatte an diesem Tag jedoch lediglich 55 Minuten auf dem Übkonto vorzuweisen – und so beharrte seine Mutti ungeachtet der späten Stunde drauf, daß die ausstehenden zwei Stunden und fünf Minuten auch noch abgehobelt würden. Todmüde sank der junge Mann gegen halb fünf in der Frühe endlich zu Bett.

Am Vormittag übte ich auf meiner Violine. Buz suchte einen Coiffeur von gehobenem Leumund auf, und nach einer Weile stürzte er mit einem kahlgeschorenen Haupt in mein Zimmer, weil er kein Geld dabei gehabt hatte, und nun wie auf Kohlen saß, zu beweisen, daß er kein gerissener Gauner sei, der den braven Frisör um seinen Lohn prellen wollte.

Die Veronika war mittlerweile auch gekommen, und ich hatte vor Alfonse und Veronika ein wenig gescherzt, daß man nur hoffen könne, daß der Frisör im ersten Semester aufgepasst habe, als gelehrt wurde, daß das Ohr nicht mit abgeschnitten werden dürfe?!

Zur Mittagsstund´ sammelte der Alfonse eine Unterschrift gegen die Todesstrafe von uns. Buz und ich gaben ihm ja eine, obwohl wir eigentlich nicht wirklich gegen die Todesstrafe sind.

Hernach fuhren wir zum dritten Mal in Folge in unser neues Stammlokal in Steinbach. Buz erzählte die ganze Zeit Witze, und der rührende Alfonse schrieb sie sich alle auf, um sein ohnehin üppiges Scherzrepertorium noch ein wenig zu strecken! Einmal fiel auch mir etwas Lustiges ein: Einen Schüttelreim, den Buz der Hilde auf eine Postkarte schreiben könnte:

Nun wohnt bei Dir ein Mohr,

vernimmt schockiert mein Ohr!

Der Alfonse drohte meinen schönen Schüttling ein wenig zu verschlimmbessern, indem er etwas mit „Mohrrübe" und, „daß der Mohr was auf die Rübe bekäm", draus machen wollte... au wei geschrieen!

Ich bestellte mir eine Gemüselasagne mit Haselnüssen, doch bei dem Essen handelte es sich um eine Fehlkonstruktion, weil ein dicker Käselappen obendrauf gespannt war, so daß die Hitze nicht gescheit entweichen konnte.

Als wir bereits zum Auto liefen, kam der Alfonse auf die Idee, für uns zu zahlen, quasi so, als sei´s praktisch eine Selbstverständlichkeit für uns, die Zeche zu prellen. Doch Buz hatte diesen sauren Teil eines Ausgehens bereits auf sich genommen.

Den Alfonse setzten wir dann daheim ab, und die Veronika nahmen wir mit nach Frankreich.

Beim Aufbruch benahm ich mich Buzen gegenüber zum Spaß, und um die Veronika zu erheitern, etwas ehefrauenhaft.

Eigentlich wollten wir ja auch die Frau Kettler mitnehmen, und ich stellte mir vor, ihr die Veronika als meine Mutti vorzustellen. Man kann sich kaum einen größeren Unterschied zwischen zwei Damen im vergleichbaren Alter vorstellen, als zwischen Veronika und Frau Kettler, einer Dame, von der es heißt, sie ließe nichts anbrennen. Frau Kettler wäre einerseits überrascht und andererseits erstaunt, denn an Buzens Seite hätte sie sich eher ein schmückendes Blödchen oder gar Boxenluder vorgestellt.

An einer Raststätte ließ ich das Telefon in Frau Kettlers Wohnung aufklingeln (vergebens.) Wir gönnten uns je ein Magnum, und auf dem Titelblatt vom *Stern* wurde im Blattinneren eine Reportage verhießen, die auf die Veronika und mich zugeschnitten schien: Daß nämlich das Singel-Dasein nicht mehr en vogue sei.

Einmal mußten wir einem Geisterfahrer, der tollkühn überholt hatte, ausweichen.

In einem Ort in Frankreich, von dem ich zur Stund noch nicht den Namen weiß, stiegen wir ab.

Kurz zuvor hatten wir noch ein wenig französisch gelernt.

Ich wollte wissen, was „Sieh mal, eine Kuh!" heißt. Sätze, die der Erwachsene im Grunde nicht mehr auszurufen pflegt. Buzens Französisch-Docs, die im Auto so wunderbar zu funktionieren scheinen, lassen sich leider nicht anklicken, wenn er das Französische einmal brauchen könnte.

…hat ein Problem festgestellt:
frz.doc.exe konnte nicht geöffnet werden
OK

Er sagte „ja" „o.k." und „oder?" aus Versehen auf deutsch zu der netten französischen Bediensteten, die uns unser Zimmer wies.

Zunächst schien´s so, als müsse ich mir mit der Veronique ein Zimmer teilen. Doch die an Platzangst laborierende Veronika litt daran, daß wir uns dann eine Decke würden teilen müssen.

Wir begaben uns in das hoteleigene Lokal mit Wänden, die ganz tätowiert ausschauten. Drei Herren saßen im Lokal, und ein jeder trank wie selbstverständlich eine ganze Flasche Wein.

Der Abend wurde sehr nett, wenn auch Freitag der 13. nicht ganz spurlos an uns vorbeizog:

Genau wie heut vor fünf Jahren stieß Buz beim ungestümen Versuch ein paar Pommes zu angeln, ein Weinglas um, besudelte Veronikas Thermohose, und verwandelte die Soße auf ihrem Teller in eine Weinsoße.

Großes Heimweh nach Rehlein!

-

Samstag, 14. August
Plombière

Weißwölkig.
Am frühen Abend
zärtlich leuchtender Sonnenschein

Am Morgen lärmten ab sieben Uhr erbarmungslos die Staubsäuger.

Wir begaben uns ins Speisezimmer mit jener wie tätowiert ausschauenden Tapete, die sich zu allem Überfluss auch noch im Spiegel spiegelt.

Den ganzen Tag fuhren wir durch Frankreich.

Einmal fuhr vor uns ein Heuwagen mit so unfassbar viel in die Höhe getürmtem Heu, daß man beständig mit einem Drama rechnen mußte. Hinzu kam noch das Gefühl, ob sich in diesem Heu womöglich noch ein Liebespaar oder eine Leiche befänd'?

Abends hätte ich so gern auf dem freien Feld geübt, zumal das Risiko, daß ein Vogel auf die Geige scheißt nur ganz gering sei.

„Darf ich während der Dauer des Urlaubs „Mutter" zu Dir sagen?" frug ich die Veronika, damit man's nicht so merkt, daß wir derzeit als Familie ohne Mutter, wie auf einem Schiff ohne Kapitän, durch's Leben ziehen. Doch die Veronika lächelte ihr entzückendes Lächeln und ging nicht weiter auf meine Worte ein.

Abendessen:
Wir saßen vor einem Spiegel, und wenn man hineinblickte, dann sah´s so aus, als säßen dort drei Bekannte von uns, die durch großen Zufall genau so ausschauen, wie wir selber. Etwas läppisch wunk ich uns durch den Spiegel zu, und die Frau, die so ausschaute wie ich, wunk überrascht zurück.

Ich schlug sogar vor, nachher ein Familienbad in der großen Wanne zu nehmen.

Sonntag, 15. August
Irgendwo in Frankreich - Manosque

Atemberaubender, australisch tiefblauer Himmel

Frankreich fing an, so wunderschön zu werden: Zackige Bergketten, ein Himmel wie in Australien, warm und schön – vereinzelte Wattewölkchen.

Einmal psychologisierten wir über Herrn Heike, einem Herrn, der leider nicht jedermanns Geschmack ist. Ein Herumschleicher und Leisetreter mit bedeutungsvoll gewellten Stirnrunzeln im Stile eines Gunnar H., so findet zumindest Buzens Schülerin Theresa. Doch ich hielt mich mit meinen ein wenig drosselbarthaften Worten ein wenig zurück und lies die beiden anderen psychologisieren,, da Herr Heike uns doch extra eine Sonate komponiert hat.

Die Veronika meinte, er sei sehr karriereorientiert – etwas, was sie wiederum tatsächlich an den Gunnar erinnere.

In Wirklichkeit aber ist er ein Mann, der immer von den Frauen unterdrückt wurde, und nun völlig verunsichert, keine Ahnung hat, wie man mit Gefühlen umgehen soll?

Mir schien es etwas ungünstig, daß wir alle drei so schüchtern sind. Beim Essenkaufen versuchen wir immer eine umgekehrte Schlange zu bilden, d.h. jeder von uns versucht, sich hinter die beiden Anderen zu stellen.

Während der Fahrt las ich immer wieder in meinem Tagebuch von 1994, um mich gewaltsam in jene Zeiten zurückzuzwängen, als Mobbl noch gelebt hat. Man kann sich jung blättern, und vielleicht kann man sich ja auch froh blättern, dachte und hoffte ich.

Damals besuchten wir das Freibad in Pitten, und Buz frug Rehlein verschämt, ob er die Badehose richtig rum trüge? „Ja, der Pimmel ist noch Vorne!" hatte Ming damals in übermütigem Scherze ausgerufen.

Unser neues Haus steht in einer schönen Gasse wie in Spanien. Ein bergendes Familiengefühl jener Art zog auf, als bezögen wir als dreiköpfige Familie ein neues Heim, in welchem wir fortan leben wollten, und morgen beginnt für das Familienoberhaupt der Dienst im städtischen Symphonieorchester.

Montag, 16. August
Manosque

Knurrig. Ständig kurz vor´m Gewitter stehend

Hier teile ich mir ein Zimmer mit der Veronika.

Leider konnte ich mich nicht durchsetzen, und nun schlafe ich in einem breiten Kastenbett, und die Veronika etwas dienstmädchenartig in einem engen kleinen Bett im Winkel.

Nachzutragen wäre noch, daß sich Buz mit seinem Eselsräuspern gestern wirklich sehr zurückgehalten hat: Er räusperte immer nur den Aufschwung und die schwungvolle Abräusperung schluckte der süße Schatz extra für die Veronika hinab. Für mich hätte er es nicht getan, da ich ja verwandt bin.

Beim Frühstück vermisste ich einen Moment lang eine klare Führungspersönlichkeit wie Rehlein.

Ich fühlte sogar, wie es sich in mir selber zusammenbraute „den Stier an den Hörnern zu packen", und das weitere Geschick in die Hand zu nehmen.

Nachmittags schrieb ich einen Brief an die Margarethe: Ich schilderte Rehleins Leben beim Opa: Der Opa sei zwar leicht tüdelig, aber durchaus noch humorig und entzückend, so daß meine Mama es als freudige und ehrenvolle Aufgabe ansieht, für den Opa da zu sein. Bloß meint der Dr. Bogad, der Opa sei kerngesund, und wird vielleicht hundert oder sogar 110 Jahre alt, so daß unser Papa sich für die nächsten 10 - 20 Jahre auf ein fraufreies Leben einstellen muß.

Unser Mittagsmahl in der Küche wirkte ebenfalls etwas fehlgewichtet auf drei Beinen stehend. Es gab eine französische Pizza in Allu, und Verlegenheit machte sich breit.

Das Wetter war heut ein wenig hinweggepustet worden: Düstre Wolken vor dem Fenster.

„Wie in Taiwan!" sagte ich, um die Stille ein wenig zu dämpfen ← ein Paradoxon.

Buzens Schülerin Marie-Helene hatte uns erzählt, daß man in Frankreich zu Einladungen nicht ohne seine Ehefrau erscheinen sollte. Jede Ausrede würde lahm und unglaubwürdig klingen.

„Verzeihen Sie! Meine Frau mußte daheim bleiben. Sie muß sich um ihren alten Vater kümmern!"

„Verstehe!" mit bedeutungsgeschwängertem Beiklang und wissendem Unterton – und leise im Hirnkästchen weiter: „Sie ist ihm also durchgebrannt. Sieh einer an! Hätt´ er sie für die Feier nicht wenigstens mieten können?"

Dienstag, 17. August

Sonnig

Immer wieder erzähle ich der Veronika kleine Anekdötchen über Herrn Heike. Die Veronika lacht über ihr ganzes, liebes Gesicht dazu. Z.B., wie Herr Heike mich mal dazu animieren wollte, mit ihm spazieren zu gehen. Doch ich sagte: „Das geht nicht, weil es mich immer verlegen macht, mit einem einzelnen Herrn spazieren zu gehen!"

Das allein ist natürlich noch kein Anekdötchen, doch ich erzählte es der Veronika, weil ich ein wenig erstaunt war, wie bereitwillig sie Buzens Aufruf zu einem gemeinsamen Spaziergang zu folgen pflegt, während ich übe.

Mittags kehrte Buz allein zurück und scherzte, er habe die Veronika einem arabischen Frauenhändler verkauft.
Eine Weile lang sah´s tatsächlich so aus, als stünde die eingependelte Dreisamkeit nurmehr auf zwei Beinen, und Buz ist doch so quälend unbeholfen im Haushalt!
Die Veronika ist dann aber doch gekommen, und diesmal wartete ich mit einer anderen Herrn-Heike-Anekdote auf: Wie ich am 55. Geburtstag seiner Ehefrau Brigitte dort angerufen habe. Doch die Brigitte hat andere Interessen als Geigen oder Neue Musik, und reichte den Hörer rasch an Herrn Heike weiter. Interessiert befrug ich Herrn Heike nach der

Feier. Etwas gequält berichtete Herr Heike, daß man nur über Pferde reden würde, und dies interessiere ihn wenig.

„So geht´s mir immer, wenn über Geigen und neue Musik gesprochen wird!" will ich damals gesagt haben, doch den genauen Worlaut weiß ich natürlich nicht mehr.

Mittwoch, 18. August

Sonnig – diesig. Am Abend ein kurzer Regen

Heute brachen wir nach Cassis am Meer auf, einem Ort, wo Buz ab seinem siebten Lebensjahr sieben Sömmer hintereinander verbracht hat.

„Wenn Herr Heike Witwer geworden ist, dann tut er mir vielleicht so leid, daß ich ihn heirate?" erzählte ich der Veronika. Bloß fühlte man sich dann ja wie das „Schätzelchen" vom Dr. Dressler in der Lindenstraße.

Darüber, daß dies letztendlich vielleicht meine einzige Chance sei, in meiner Brotlosigkeit zu überwintern, sprachen wir, von Buzen gelenkt, darüber, ob ich wohl noch Professorin werde? Buz diskutierte allerdings am Kern der Sache vorbei, indem er mir nach Vertreterart ein wenig den Mund wässrig zu machen suchte, wie sagenhaft es sei, solch eine Stelle inne zu haben.

In Cassis erging es uns ein wenig so, wie der Veronika allabendlich, wenn sie mit ihrem „fahrbaren Untersatz" (Worte wie von Ute M.) nach Hause kommt. Wir fanden keinen Parkplatz!

Beinah hätte der optimistische Buz uns an einer Stelle abgeladen – doch da hätte er sich wahrscheinlich gewundert! Die Parkplatznot trieb uns nämlich aus dem Ort wieder hinaus in etwas schmucklosere Orte. Wir schraubten unsere Erwartungen an einen schönen Urlaubstag ein wenig hinab, und jetzt ging es uns nur noch darum, einen Parkplatz zu finden, und vielleicht ein bißchen im Wasser zu schwimmen.

Das Wasser war etwas kühl, und überall schwammen rötliche Quallen.

Nach einem kurzen Gewate im Wasser setzten wir uns in ein einfaches Café im Freien unter einen Sonnenschirm. Ich bestellte mir einen Heißhund, und es handelte sich um ein ellenlanges Baguette, in welches zirka zwanzig Zwergwürstl hineinverwoben waren, so daß man sich schon beim Anknabbern wie ein Faß ohne Boden fühlen mußte.

Ich wirbelte die Frage auf, wieso ein Frauenzimmer wie die Frau Huschinsbett wohl den Sprung zur wohlsituierten Professorin geschafft hat, und wärmte jene Anekdote auf, wie sie einst aschfahl geworden ist, als sie die Bühne betrat, und ein gigantisches Publikum – bestehend aus Kollegen und Honoratioren – auf einen großen Kulturgenuß eingestellt war. Sie hatte an ein kleines Vorspiel vor Studenten gedacht, und nun das! Vor Schreck brachte sie auf ihrem Musenstengel nur ein Röcheln zustande.

Ein bißchen wartete ich bei dieser Erzählung darauf, daß sich von hinten eine Hand auf mein Schulterblatt legt, und eine rauchige Stimme Worte macht, wie diese hier: „Würden Sie Ihre Fantasien über mich bitte ein wenig im Zaum halten?"

Wir fuhren weiter nach Aix-en-Provence, einem Ort, wo vor einem Monat das Auto von Marie-Helenes Vater Jean-Jaques geraubt wurde.

Den Abend verbrachten wir schon wieder bei den Tournebieses im Garten. Wie in einem Alptraum beginnt´s in diesem Garten immer dann zu regnen, wenn die Speisen lieblich aufgedeckt sind, und die köstlichen Düfte in den Himmel steigen. Eilends müssen die Speisen vor den Regentropfen gerettet werden und man schlackert mit den Regenschirmen.

Und kaum hat man die Speisen in die Küche getragen, da zwängst sich die Sonne wieder aus dem Wolkenkleide hervor, und lächelt freundlich ins Küchenfenster herein.

Der Marie-Helene erzählte ich die Geschichte vom König Drosselbart, weil mich das Tulpenfeld auf einem Foto so an die unzähligen Herren erinnerte, die der König einst aufstellen ließ, damit sich seine Tochter einen passenden Ehemann aussuche.

Vergebens! Einen nannte sie gar „das Fass“, und ich fand die Geschichte so unglaublich lustig, und lachte laut und enthemmt!

Buz erzählte, daß sein Sohn an *einem* Tag in Stockholm sei, und am nächsten schon wieder in Kalifornien! (Letzteres allerdings nur zum Liebesgesäusl)←dies allerdings verschwieg Buz, so daß die Worte imposant im Raume stehen blieben, und sich mit den appetitanheizenden Düften der Speisen mischten.

Noch was Lustiges am Rande:

Als ich in einer Telefonzelle mit Rehlein telefonierte, sagte die Veronika so lieb: "Viiiiiele Grüße!“ Doch ich sagte nur: „n´Gruuuß!“ in den Hörer hinein.

Eine Returkutschelei, denn vor Jahren sagte ich mal zur Veronika: "Tausend Küsse an Deine Schwester!“ und hörte, wie die Veronika „n´Gruuß“ weitergab.

Donnerstag, 19. August

Diesig – Wolkenballen. Hi und da ein Tröpfeln

Wir trafen uns mit einem Organisten mit leicht geschmolzen wirkender Nase zum Mittagessen. Die Veronika dachte äußerst fehlinterpretierend, daß ich mich gewiss lieber zu den Herren setzen wolle, um an ihren hochgeistigen Gesprächen zu nippen, so daß sie sich selber etwas abseits hinsetzte und mit Fleiß jenen Stuhl neben dem Gaste freihielt.

Es kam jedoch noch ein anderer Gast hinzu, und wir speisten schließlich mit zwei Organisten in einem marokkanischen Lokal, wo ein Ausschnitt aus Marokko an die Wand gepinselt war: Wüste, Kamele, fleißige Frauen und rauchende Männer...

Der andere Organist war ein Deutscher mit einem an Gidon Kremer erinnernden Zahnbild, und zu Beginn der Mahlzeit kam die Rede drauf, daß er schon mal in der Ludgeri-Kirche Norden georgelt habe. Ich mußte lachen bei der Vorstellung, wie´s wohl gekommen wäre, wenn ich nach Art einer versnobten höheren Tochter ausgerufen hätte: „Ein jeder Esel orgelt ja heutzutage in Norden!"

Über ein „wo man schon gespielt habe, wen man kennt, und wie international man sei", ging die gehobene Sandkastenkonversation mit den Herren leider nicht hinaus. 50 Jahre zuvor hätte sie womöglich so ausgeschaut?

„Dein Papi ist doof."

„Deiner auch...."

Doch nun wurde diese im Prinzip gleiche Konversation auf einer gereiften und kultivierten Ebene geführt.

Hie und da erzählte ich der Veronika etwas Interessantes, und doch konnte man sich des Gefühls nicht erwehren, daß die sonst so Emanzipierte ihr Ohrenmerk aus Angst etwas zu verpassen doch lieber auf das in seiner Banalität beklagenswerte Geplapper der Herren gerichtet hielt.

Den Nachmittag verbrachten wir bei den Bolzens in ihrem so malerisch eingebetteten Anwesen – umhüllt von Bergen und Zikadengebrumm.

Drei Ehepaare fläzten sich bei denen in einer geradezu unsäglichen Urlaubsträgheit auf der Terrasse.

Eine Dame namens Elke wirkte in ihrem Badehöschen und dem papageienartigen Kopf geradezu unappetitlich dünn.

Leider wurde mir der Urlaub ein wenig verdorben, als die Rede darauf geschwenkt wurde, daß theoretisch der Schlauch von meiner Waschmaschine unter dem Wasserdruck abhüpfen könnte. Immer wieder malte ich mir unfroh aus, wie ich daheim die Tür aufmache und mir Wassermassen voller Fische entgegenschwappen.

Buz saß neben einem Herrn mit haarigem Schmerbauch, und ich fand, daß der lose witzelnde Oboist sehr gut zu Buzen passte.

Mich schauderte ein wenig zu hören, daß die papageienartige, fädchendünne Elke erst 56 Jahre alt sei. Sie sieht derart solargedörrt aus wie eine Greisin, und Buz sagte gar (auf chinesisch), er habe sie auf 89 geschätzt.

Bloß ihr verruchtes, an Frau Huschinsbett erinnerndes Wesen und die rauchige dunkle Stimme verriet die Frau im hormonellen Patt. Einmal sagte sie verrucht: „Ich bin zu jeder Schandtat bereit!"

Wir erklommen einen Hügel zu einer Kirche mit vollmondartiger Uhr, und bestaunten auf einer Bank sitzend, eine Mondfinsternis: Der hell erleuchtete Halbmond wurde von schwarzen Wolkenstaub-wedeln gefressen.

Zu später Stund´ kehrten wir von diesem erfüllenden kleinen Mondscheinspaziergang zurück.

Freitag, 20. August
Manosque – eine Spelunke in Frankreich

Wunderschön sonnig

Traum: *Es regnete in Strömen, so daß sich das matte Licht der Straßenlaternen in den Pfützen brach.*

Ich freute mich, daß unser Papa nicht immer so auf seinem Alter herumreitet, und im Flur beplabberte ich die Veronika damit, daß der Opa seit zirka 14 Jahren täglich fünf- bis zehnmal sagt: „Ich bin ´n alter Mooooh (Mann)!" und manchmal sagt er gar: „Ich bin´n alter Mooooh – das vergesst ihr völlig!"
Dabei kann man es gar nicht vergessen – so oft, wie er es betont!

Buz telefonierte mit den Girardots in Paris, und wir hatten ein wenig Angst, daß er sich womöglich mit einem auf Error geschalteten Gehirn eine Wegbeschreibung durchgeben lässt?

Auf dieser Befürchtung fußend packte ein kleines Anekdötchen für die Veronika aus: Wie Buz und ich uns mal gerührt die Wegbeschreibung eines Herrn anhörten. Buz dachte damals, ich als Frau würd´s mir wohl schon merken? Und ich wiederum dachte: „Er als Erwachsener wird´s sich wohl merken?"

Doch Buz ließ sich gar keine Wegbeschreibung geben, und sagte den Parisbesuch einfach ab. Die Stadt ist ihm einfach zu groß und unübersichtlich.

Ich stellte mir vor, Herr Girardot reagiere womöglich mit einem langgezogenen: „ööööööh!" weil er doch so einsam ist, und sich auf uns doch bereits wie blöd vorgefreut hat?

Frau Girardot ist allerdings vielleicht froh, auch wenn sie für die Veronika bereits eine Fränkin eingeladen hat?

Der Weg, der vor uns lag, war – laut Landkarte – unglaublich weit, und schwül lastend auf der Seele, lag´s hinzu in den Lüften, daß die Veronika irgendwo mit dem Zug weiterfährt? Auch wenn in der Schweiz ein stressiger Familienurlaub auf sie wartet. Wir hätten die Veronika viel lieber behalten, aber der Mensch lebt wohl doch nach dem Motto:

„Schön ist es auch anderswo!" und es zieht ihn magisch weiter.

Buz wurde lustig und übermütig, und dachte sich aus, wie wir die Veronika in den Zug setzen, und wenn sie dann irgendwann gegen Mitternacht in einem kleinen Ort auf dem Bahnhof sitzt, nicht mehr weiterkommt und von Clochards belästigt wird, dann springen wir plötzlich als rettende Helfer ein.

Mittags waren wir in Avignon und wälzten uns durch die Mittagshitze zum Zentrum vor – nämlich, wie der Leser wohl erahnen wird – jener großen, bleichen Burg entgegen. Diesmal besichtigten wir sogar das Innere. Zirka zwanzig Räume mit irgendwelchen Portraits, Landkarten oder kaputten Geschirren in Vitrinen. Jeder Besucher bekam ein Händi, woraus ihm in seiner Muttersprache Texte wie aus dem Geschichtsbuch ins Ohr hineingeträufelt wurden. Quälend uninteressant.

Trotzdem hielten sich viele Besucher das Händi geradezu angespannt ans Ohr um nichts zu verpassen.

Samstag, 21. August
Frankreich – bei Heilbronn

Sonnig. Warm & schön

Zum Frühstück erzählte uns Buz, was Rehlein gestern über das Konzert in Kärnten berichtet hatte:

Das Schubert Oktett sei leider überhaupt nicht gut gewesen: Man hörte nur den Fritz, den man besser nicht gehört hätte, weil er aus verschiedenen

Gründen nicht gescheit geübt hatte. Der Schorsch an der Klarinette, und die Dame Gerswind spielten je lammfromm – Letztere also ganz anders als in Ostfriesland, wo sie sich ja, laut Rehlein, gern als Bratschendiva aufspielt.

Hinter Gerswinds Rücken werden zuweilen Wetten abgeschlossen, wie lange „das" mit dem Fritz wohl noch gut gehen mag, und so versucht die reifende Gerswind den Fritz durch lammfrommes Verhalten zu halten.

Heute bekam das bis dahin blütenweiße Sündenregister von der Veronika leider einen Fettfleck: Wir besuchten eine Raststätte, und aus Versehen hat die Veronika ein Stück Nugat zum Auto getragen ohne es zu bezahlen. Die seelengute Veronika wollte ganz erschüttert zurückeilen, den Fehler eingestehen und zahlen – doch Buz hielt sie davon ab – „Das geschieht denen grad recht, bei ihren unverschämten Preisen!" und dann fuhr er auch augenblicklich ab, während die Veronika wie auf Kohlen saß – besonders wenn ein Polizeiauto vorbeifuhr.

Wir besuchten Colmar. Zuerst gingen wir ins Museum und bestaunten den Altar von Matthias Grunewald, der mich trotz des Ernstes dem er geweiht ist (der Kreuzigung JESU) leicht an eine Geschichte von Wilhelm Busch erinnerte.

Ich überlegte, daß Mobbl dadurch, daß sie im Leben vielleicht doch nicht so tugendhaft war, wie man hätte sein sollen, im Himmel nur ein Doppelzimmer zugewiesen bekommen hat. Das teilt sie sich nun mit Mäme Leutz. Die beiden Damen verstehen sich nur „guuut" aber nicht fantastisch, und Mobbl brüstet sich immer bloß mit allerlei, weil sie zu Lebzeiten nie die Kunst der feinen Dialog-führung gelernt hat.

Und wenn Buz mal gestorben ist, dann sagt der heilige Petrus mit etwas gekünsteltem Bedauern, weil es ihm ja im Grunde wurscht sein kann: „In diesem Sommer sind leider so viele Senioren gestorben, daß wir nur noch Doppelzimmer anbieten können!" und Buz muß sich ein Zimmer mit Jörg B., dem Oboisten auf der Bolzschen Terrasse teilen.

Wir fuhren die Veronika nach Pforzheim zurück.

Gerade lösten sich Herr und Frau Himstedt zu einem kleinen Spaziergang aus dem Grundstück, und wieder mußte man ungläubig mit ansehen, wie die Veronika ihre eigenen Eltern per Handschlag begrüßt!

Die Veronika war allerdings doppelt aufgeregt: Zum einen, weil sie *uns* durch die Augen ihrer Eltern betrachtete, und weil sie Angst hat, ihre Mutti könne vielleicht etwas Verlegenstimmendes sagen („…und wenn die Veronika auf ihrem Töpfle saß..")

Aber natürlich auch aus Freude ihr Idol zu Besuch zu haben.

Mutti Himstedts aufgeregtes Bestreben alles recht zu machen, erinnert leicht an einen Interpreten, der plötzlich ganz unvorbereitet auf die Bühne der Carnegie Hall gehen muß, um Beethovens Violinkonzert darzubieten.

Ich glaube, die Veronika, die uns nun gewohnt ist, und uns lieb gewonnen hat, war traurig und hilflos als wir gingen, und folgte uns in ihrer Hilflosigkeit bis zum Auto.

In mir hatte Buz eine ganz andere Führerin als in Rehlein oder Veronika: Eine ganz Lockere und Oberflächliche. Wenn Buz sich verfährt, dann sage ich: „Fahr nur zu! Wir haben ja Zeit. Ich sach immer: „Alle Wege führen nach Roum!"" (Worte, die leicht an Frau Meyer, unsere Zugehfee erinnern.)

Sonntag, 22. August
Löwenstein - Grebenstein

Trotz der Schönheit des Hotelzimmers (ein sahneweiß bezogenes Doppelbett mit je einem Schmeckewöhlerchen auf dem Kissen und chromstahlblitzender Duschgelegenheit) verbrachte ich keine so besondere Nacht: Zwei Brummer lieferten sich eine Brummkreiselschlacht über meinem Kopf, und als ich die Tür öffnete um sie ins Licht hinaus hinwegzutricksen, wurde davon nur das Bett hell erleuchtet, so daß die beiden Brummer gerne geblieben sind. Auch wenn es vielleicht

Eintagsfliegen waren, die am nächsten Tag um diese Zeit schon verstorben sind, war´s lästig!

Ich hatte eine zerstochene Stirn und wurde zudem noch von schweren Gedanken geplagt, die sich mir einfach ins Hirngewebe drängelten:

Ich dachte mir aus, *wie es Mutti Himstedt wohl ergangen wäre, wenn wir das finanziell verlockende Angebot angenommen, und dort genächtigt hätten:*

Um drei Uhr in der Nacht wäre sie an schweren Gedanken aufgewacht. „Um Gottes Willen! Die sind es womöglich gewöhnt, Rührei mit Speck zum Frühstück serviert zu bekommen, und wir haben doch keine Eier im Hause. Wenn wenigstens das Auto funktionierte, so könnte man wenigstens rasch zum Bauern fahren…“

Im wahren Leben herrschte draußen ein unverschämt schöner, blauer Himmel. Ein verheißungsvoller Tag schien seinen Fortsatz nehmen zu wollen. Ich freute mich auf das schöne Frühstück mit warmen Elsässerbrötchen vor.

Zunächst mußte ich allerdings noch ein wenig an Buz herumwarten, und hätte zur Bedienerin sagen können: „Mein Mann kommt gleich. Wissen sie: Der ist schon 86, da dauert´s immer a bißl!“

Irgendwann in ferner Zukunft ist Buz vielleicht schon 91 (wenn ich heut in 30 Jahren nachles, was heut vor 30 Jahren war) und dann kommt´s mir vielleicht schon ganz utopisch vor, daß Buz mal „süße“ 86 gewesen sein soll!

Als Buz kam, misshagte ihm die alberne Rührlöffelmusik in SWF III, mit welcher der Raum beschallt wurde.

Einerseits ist Buz sehr schüchtern, andererseits aber auch etwas frech, denn statt wie ein normaler Mensch mit Rückrat, den bedienenden Herrn zu bitten, das Radio abzustellen, sagte Buz zu <u>mir</u>, grad dann, als der Herr vorbeilief, etwas mißbilligendes über diese „Scheiß-Musik", statt das wunderbare Frühstück in den Mittelpunkt der Konversation zu stellen.

Buz hätte doch sagen können: „Ihr Frühstück ist ein Gedicht! Hhhhm, köstlich! — Wenn jetzt auch noch schönere Musik laufen würde, dann bekämen Sie von mir fünf Sterne für Ihr Hotel, und ich würde Sie überall wärmstens weiterempfehlen!"

Leider fuhren wir dann in eine Kumuluswolkenbank hinein, so daß wir in herber Wetterlage in Grebenstein eintrafen.

Wer hätte jetzt gedacht, daß wir schon im Treppenhaus ganz reizend vom Onkel Eberhard willkommengeheißen würden? Der Eberhard war so entzückend und nett, wie ich ihn noch überhaupt nicht gekannt hab, und Omis Stube war mit Verwandten befüllt. Sogar meine Adoptivkusine Johanna, 18 Jahre jung, mit makellos schönen Zähnen, allerdings vielleicht etwas sehr schweizerisch aussehend, und deren Freund Oliver lernten wir kennen.

Die Tante Uta, die bald darauf auf die Bahn gebracht werden mußte, war ebenfalls zugegen, und ein bißchen erinnerte die intensive, sehr warme familiäre Atmosphäre an Ofenbach, als es nach Mobblns Exitus eine leichte Verwandteninvasion gab – bloß hier mit dem Unterschied, daß die hinzugehörige Omi als Bändel zum Ursprung ja gottlob noch da war.

Buz durfte einen ironisch gefärbten Zeitungsartikel zu Goethes 250. Geburtstag vorlesen, und tat´s seiner Art gemäß auf frankfurterisch. Die süße Uta lachte so aus ihren leicht ausgeleierten Zügen heraus, daß es ausgeschaut hat wie in einem Stummfilm aus dem Jahre 1904!

Das Utelchen zeigte uns Fotos ihrer Lieben: Die drei Söhne sind, so wie die vier Frauen von Gerhard Schröder, ganz dünn, und wiegen zusammengenommen wahrscheinlich nur so viel, wie ein ganz normaler Mensch. Nicht halb so viel wie ihre Schwester.

Die Letizia aber wiegt leider 90 Kilo. Und dabei habe ich die Letizia früher so für ihre Hübschheit bewundert – und schon ist´s vorbei damit!

Wir brachten das Utelchen auf Gleis 1 des Wilhelmshöher Bahnhofs.

Sowohl Onkel Eberhard als auch Buz sahen auf diesem kurzen Trip ins pulsierende Leben auf fast surreale Weise je einen Artgenossen: Der Eberhard einen Vortragshalter, und Buz einen graumelierten Violinisten um die 50 mit Geigenkasten. Denn sonst hätte man ja kaum gewusst, daß dies ein Violinist sein soll.

Am Bahnsteig hatte man undefinierbare blassblaue Gebilde aufgestellt, die wohl dem Zwecke dienen sollen, daß sich müde Reisende beim Warten daran anlehnen können, und als Buz und Eberhard sich dahingelehnt haben, standen sie auf einmal ganz schief.

Bald darauf wurde das Utelchen vom ICE Richtung München aufgeschnappt, und winken kann man leider auch nicht mehr gescheit, weil man sich in den schwarzgetönten modernen Zugfenstern nur selber spiegelt.

Montag, 23. August

Zunächst grau. Dann wunderschön

Am Morgen lärmte über mir billige Popmusik auf, und die Omi weckte mich auf eine unangenehme Art: „Komm steh mal auf, Mädchen. Du mußt mir helfen – Gott ach Gott, wie sieht die Küche aus?? Ich werd´ verrückt!"

„Das kann ja heiter werden!" dachte ich im Stile von Ute M.

Wenn man Omis Stimme irgendwas sagen hört, dann liegt´s schon in den Lüften, daß es irgendetwas ist, das den Onkel Eberhard ganz rappelig stimmt.

Die Omi sagte über Buz: „Da kann der gute Junge mir doch ein Brot schmieren!"

„Jetzt lass es doch das Mädchen machen!" sagte der Eberhard voll ungezügelter Ungeduld, weil ich nach Art vom jungen Rehlein, das einst immer gleich aufhüpfte, um dem alten Mann die Schuhe zuzubinden, wenn sich der Esslinger-Opa schwerfällig und ächzend aus seinem Sessel erhob, - gleich aufgehüpft war, und eifrig mit dem Brote schmieren begonnen hatte.

„Nein, ich mein´ nur: Der gute Junge macht es mir immer so besonders schön!" sagte die Omi unter der polternden Unwirsche des Onkels leicht verunsichert.

„Was soll denn das Mädchen da um Himmels Willen anders machen??" hieß es in stürmischer Gereiztheit, und ich stellte mir vor, wie jetzt das Uschilein an meiner Stelle sauer und ungenießbar geworden wäre. Ich blieb aber nett und frohgemut und ritzte sogar liebevoll OMI in das Honigbrot hinein, so wie es Buz zuweilen zu handhaben pflegt.

Eine Neigung vom Eberhard zeigte sich bereits beim Frühstück: Ähnelnd Buzen, tendiert auch Omis Jüngster dazu, das Berufliche ganz und gar in den Alltag mit hinein zu verweben: Der Eberhard doziert gerne, indem er die Studenten - in diesem Falle uns - durch beständige Fragen zum Mitdenken animiert. Er degradierte Buz zum „dummen Jungen", da er ihm immer nur Bildungsfragen stellte, auf die Buz keine Antwort wußte.

Bald referierte der Eberhard die ganze Zeit darüber, was die Uta alles falsch macht: Nämlich eigentlich alles, weil sie auch nie gescheit hinhört, wenn andere etwas erklären, und leider Gottes ein „Nach-mir-die Sintflut"-Typus ist.

„Zum Kotzen!" murmelte der Eberhard mehr als einmal über seine große Schwester, die ihren guten Ruf bei den Brüdern vollkommen verspielt hat, so daß ihr eigentlich wirklich nichts anderes übrig bleibt, als sich in Rom beim Papst vor den Geschwistern zu ducken.

Der Eberhard hingegen ist jemand, an dem Rehlein ihre hellste Freude hätte: Sogar gebügelt hat der Umtriebige und Fleißige.

Bald darauf gab´s ein köstliches Mittagessen: Erbsen, Fleisch mit Champignons, und zum Nachtisch gar ein Erdbeereis der Firma Mövenpick!

Diesmal unterhielten wir uns über die Ernährung.

Ich erfuhr, daß der Onkel 16 Kilogramm abgenommen habe, aber eine solch schöne Figur, wie sie ihm vorschwebt, hat er davon leider immer noch nicht: Zierlich und leichtfüßig wie ein junger Ballettänzer, der das Leben nicht auf die plumpe Art eines gemeinen Arbeitnehmers durch*trampelt*, sondern durchflattert und durchschwebt.

Auf warmherzige Weise erzählte ich von meiner Tante Bea: „Meine Tante hat seit ihrer Jugendzeit 15 Kilo zugenommen. Wenn sie jetzt genau so viel abnähme wie Du, dann wäre sie noch um ein Kilo leichter als früher!"

Dann psychologisierten die Brüder über die Uta, die zu dick sei und schlecht aussähe.

„Das Utelchen ißt doch aber gar keine Butter!" sagte die Omi mit zagem Stimmchen.

„Nein so gut wie überhaupt nicht!" versetzte der Eberhard in triefendem Sarkasmus.

Am Abend würde sich der Eberhard mit seinem Adoptivsohn treffen, von dem es heißt, er stünde auf Seiten von Mutti Uschilein, die ihrerseits wiederum spitz auf Eberhards sauer Verdientes sei.

Nein! Süß verdient – denn dem Onkel macht sein Beruf gottlob Freude!

Das Uschilein hat ihre Tochter Johanna hinausgeworfen, und das Geld vom Onkel Eberhard anderweitig verbraten.

Vor dem Hause begrüßte ich die liebe, weiche Edith. Sie hatte grade ihren Vetter Bernhard da, der ihr die Hecken scherte, und erzählte von ihrem Sohn Thomas, der jetzt als Geldbote bei der Sparkasse arbeite.

Heut erklommen wir den hohen Dörnberg: – vorbei an getrockneten und noch frischen Kuhfläden. Oben auf dem Gipfel ließen wir uns auf einem Stein nieder, so daß es ausgeschaut haben mag, wie auf manch einem Foto, das in einem Album vor sich hingilbt.

Wieder daheim:

Buz legte sich auf´s Sofa, und tat so, als sei er gestorben. Und in der Tat sah er nicht viel anders aus, als Mobbl auf dem Katafalk. Ich überlegte, wie´s wohl wäre, wenn man den Dr. Luthardt mit der Bitte herbeitelefoniert, den Tod festzustellen? Der eilige Doktor wirft womöglich nur einen flüchtigen Blick auf Buzen, und stellt anstandslos den Totenschein aus?

Zum Abendessen schauten wir fern: Es ging um die Erdbebenkatastrophe in der Türkei, wo man allgemein zum Spenden animiert werden sollte. Um es Allen so komod wie möglich zu machen, müsste man bloß anrufen und seine Kontonummer nennen, und ich dachte mir aus, welch ein Schindluder man damit betreiben könne: Anzurufen um zu sagen: „Mein Name ist James Creitz. Ich möchte, daß alle meine Konten für die Türkei abgeräumt werden, da ich vorhabe, in den nächsten Wochen Selbstmord zu verüben. Nachkommen und Freunde habe ich keine".

Zur Weinstunde erzählte uns die Omi die Familiensaga von der Tante Marie, die einst genau das gleiche Schicksal erlitt, wie Jahrzehnte später ihre Tochter Hildegard: Beiden Damen schwängerte kurz vor der Hochzeit der Bräutigam eine Andere! Dann ist die Hildegard nach Australien ausgewandert, so daß man sie nicht mehr sah. Erst nach elf Jahren meldete sie sich wieder „beidrmuddr", und dann sind Alfred & Marie auch hinübergereist. Doch mit dem neuen Schwiegersohn verstanden sie sich nicht so gut. Später waren sie sogar nochmals drüben um sich nochmal zu zanken, und dann war die Freundschaft aus.

Zum Schluß hat die Omi noch ein Weinglas umgestoßen.

Buz wirkte während des ganzen Abendessens matt und lethargisch – zuweilen direkt so, als sei er im Sitzen verstorben.

Leider heißt's, dem Opa ginge es schlecht. Heut war sogar der Doktor da. (Überhöhter Puls)

Dienstag, 24. August
Grebenstein (Göttingen)

Wunderschön.
Gegen Abend meeresartige Wolkenbänke,
die aber das schöne Wetter nicht verdarben

Buz holte wie alle Tage Brötchen, weil es ihn, den Umtriebigen, immer weiter wegzieht, und als er dann wieder da war, war sein Wegsogtrieb immer noch nicht gedämpft, und Buz dachte sich aus, daß wir heute einen Ausflug nach Göttingen machen sollten.

Zum Frühstück sprachen wir darüber, daß die Brüder die Uta durch die Lupe zu betrachten pflegen, und praktisch *keinen* Aspekt ihrer Persönlichkeit gutheißen!

Die Oma erzählte, daß sie für ihre Adoptivenkelin Johanna nicht einen Hauch an familiären Gefühlen hege. „Nicht sooo viel!" verdeutlichte sie die „Gefühlsintensität" indem sie den ausgestreckten Zeigefinger auf Tuchfühlung über den ebenfalls in die Länge gebogenen Daumen schichtete.

Am Vormittag kam Buz noch ein wenig seiner Sohnespflicht nach, und wackelte mit der Oma ein bißchen durch die Sonne, um sich ein gutes Gewissen für die Reise nach Göttingen aufzutürmen.

In Göttingen:

Über die Mittagsstunden hinweg besuchten wir den George in seiner schönen, wenn auch ungeheuer unordentlichen Wohnung. Der George bereitete uns eine schöne Brotzeit mit Käse zu, und hernach gab´s Joghurt mit Ascorbinsäure, und die Rede wurde auf die Insa geschwenkt, die sich vom George lösen wolle, um eine Familie zu gründen. „Was man ja verstehen kann!" sagte der George, von dem´s doch heißt, in ihm lodere die Eifersucht, sehr nett und verständnisvoll.

Im Caféhaus sagte Buz: „Ich möchte mal wissen, was in deinem Hirn so vorgeht!" und, „mir wär´s in deinem Alter völlig wurst gewesen, was die Eltern wollen!"

Ich erzählte, daß ich es nicht gutheiße, wenn Kinder sagen: „Ich lebe *mein* Leben!" und Ming wiederum heißt es nicht gut, wenn man so an den Eltern klebt!

Wenn Ming verliebt war, lebte er völlig losgelöst von den Eltern – aber nicht von den Eltern Baumfalk, bzw. dann später den Eltern Otloff!

Ungefähr zehn Jahre seines Lebens hat Ming so gelebt, daß er ganz schnell übte – er raffte sein Übsoll wie einen Rock zusammen, um dann nach Wallinghausen zu radeln und der Liebe zu leben.

Wegen dem Kuppeleiparagraphen mußte die Insa immer in *meinem* Zimmer nächtigen, doch sobald die Sonne den Tag erhellte, schlich sich Ming ins Zimmer, und das dümmliche Liebesgesäusl vom anderen Ende molestierte mich in meinem Schlaf wie Schnakengebrumm.

Wir tranken noch eine Bacciomixmilch und liefen weiter.

Einmal verhöhnte Buz meine Neigung ständig in Schreibwarenläden zu gehen, so als seien seine Fingeraufklappübungen vielleicht interessanter!

Ich liebe Schreibwarenläden. Doch Buz versteht es nicht.

Wir sprachen darüber, was das so überaus höfliche japanische Wort „gozaimasu" wohl bedeute? Treffend bemerkte ich, es sei so, als würde man den Satz, den man soeben von sich gegeben hat, in knisterndes Geschenkpapier verhüllen und mit einer Schleife verzieren. Bloß „gozaimasho?" (in Fragenform) darf man nicht sagen, da dann das japanische Gehirn auf „Error" schaltet.

Zum Abendessen erzählte die süße Omi von den Hochzeiten ihrer Söhne: Der Onkel Hartmut ließ sich von einem katholischen Priester trauen, der sehr lustig gewesen sei: Als man ihn auf das Zölibat ansprach, sagte er: „Davon mache ich nur selten Gebrauch!"

Mittwoch 25. August

Etwas dunstschwadig – ansonsten sonnig und schön

Um sechs Uhr klingelte erstmals der Wecker.
Ich bemerkte, daß das Wetter heut einen weißen Rock anhatte und schlummerte weiter.

Buz und Omi schliefen noch – die Omi lag mit offenem Mund wie auf dem Katafalk da, doch wenig später röhrte ihr Radio auf und man merkte: Unsere Omi lebt doch noch.

Wenn Buz davon spricht, daß er wieder nach Hause will, wird die Omi rabiat und böse: „Ach Gott, was willst du denn in Aurich, Junge!" barscht sie auf.

Liebevoll bereitete Buz der Omi zum Frühstück ein in kleine Würfel zerteiltes Brötchen zu, so wie ich´s dann wahrscheinlich später mit meinem alten Vater betreibe?!

Mittagessen:
Frau Kionczyk hatte uns so ein wunderschönes, reichhaltiges Süppchen gekocht (mit Erbsen und Karotten), und Buzens Art, sich Bildzeitungslesend und praktisch unansprechbar auf dem Sofa zu fläzen hatte etwas Unflätiges an sich.

Nach einer Weile begann er über die SPD zu reden, und war sich mit Mutti Ella uneins, ob der Lafontaine ein kluger oder ein dummer Mann sei?

Ich bestaunte die Erwachsenen, wie sie so etwas immer wissen, und glaubte immer dem, der zuletzt redet.

Am Nachmittag hatte ich dem trägen Buz etwas mitgebracht: Zwei Broschüren mit Lottoergebnissen. Ich machte es ein bißchen spannend, doch letztendlich hatte Buz leider nur zwei Richtige angekreuzt.

„Und der Papa hat doch so große Hoffnungen hineingesetzt!" sagte ich liebevoll, und fand noch ein paar tröstende Worte: „Dabei sein ist alles!"

Auf dem abendlichen Spaziergang entpuppte sich Buz als großer Tierfreund: Er fütterte ein blondes Pony, und in einem Garten mit lauter interessanten Skulpturen freundete er sich mit einem ganz kleinen schwarzen Kätzchen an.

Wir liefen weiter und an einer Stelle stand eine Stange mit Haltegriffen, an welcher man emporklettern könnte: Für Selbstmörder, die weich fallen wollen. Ins Gras.

Dann begegneten wir einem alten Ehepaar bereits zum zweiten Mal, und schön wäre natürlich, wenn ich hier an dieser Stelle schreiben könnte: „Wer hätte jetzt geahnt, daß dies der Beginn einer langjährigen wunderbaren Freundschaft würde?"

Daheim hatte uns die Frau Kionczyk einen dottergelben Pudding gekocht.

Donnerstag, 26. August

Nieselnd trüb.
Abends zarte Auflockerung und Sonnenglanz

Am Morgen machten wir uns Sorgen um Buz, weil er ins Wohnzimmer eingeschlossen war, und man bei Herren in diesem Alter ja nie weiß…doch Buz lebte gottlob noch und strahlte eher etwas hessisch Grämliches aus.

Beim Frühstück blätterte er leicht geödet im Fernsehmagazin, weil ihn das Nichtstun anzustrengen beginnt.

Buzen zieht´s nach Aurich hinter seinen Computer, doch dies´ Argument zieht nicht so recht, denn er könnte seine Weisheiten doch auch in ein Heft schreiben?

Schon um elf Uhr kam Frau Kionczyk zum Kochen, und ich half beim Kartoffelschälen, während Buz sich eine amerikanische Mafiakomödie im Fernsehen reinzog.

Einmal brachte ich etwas Geschirr in die Stube, und als Buz frug: „Was machst du denn da?" sagte ich nach Art von der Frauke: „Arbeiten. Es gibt schließlich auch noch einen arbeitenden Teil der Bevölkerung!"←(aber es war nur lustig gemeint.)

Buz legte sich träge auf's Bett, und wenn man ihn etwas frug, dauerte es meist etwa vier Sekunden, bis man eine einsilbige oder gar unverwertbare Antwort bekam, und dennoch hatte ich ständig das Gefühl, meinem alten Vater Gutes tun zu müssen. Ich lief ums Bett herum, zwackte ihn neckisch in seine bleichen Waden, die unter den Hosenbeinen hervorlugten, und sagte irgendwas Ermutigendes.

Zur Omi in der Stube sagte ich: „Is´n armer Junge!" und die Omi lachte süß. Aber eigentlich hätte man heute auch sagen können: „Is´n schrecklicher Junge – wahrhaftig!"

Im Musikhaus Eichel wurden wir sehr nett von einer jungen Dame bedient. Vor uns kam noch ein Hobbygeiger dran, der eine Violine mit Kasten gekauft hatte, und seinen schwarzen Motorradhelm auf den Tresen legte.

Als Buz seine Saiten zahlen wollte, sagte ich: „DA haben wir uns aber ein teures Hobby ausgesucht!" während Buz doch grade frug: „Berufsmusiker bekommen doch hoffentlich Rabatt??"

Auf dem Heimweg wurde ich sehr lustig und vergnügt, weil ich mich an der Vorstellung delektierte, wie ich Buz in Verlegenheit gebracht hätte, wenn ich gesagt hätt´: "Da hat sich mein Mann aber ein teures Hobby ausgesucht!"

Daheim hörte man bereits durch´s Fenster die Stimme von Frau Kionczyk.

„Gott, hat die Frau eine Stimme!" sagte Buz arrogant, und später lieferte Buz siamesisch aneinandergeschmiegt zwei Kostproben seiner Scharmlosigkeit: Auf dem Sofa sitzend beulte er mit dem Finger seinen Nasenflügel unvorteilhaft aus, und ließ gleich darauf sein Eselsräuspern verlauten!

Buz und ich spazierten an Omis Gärtchen hinab, den Strohacker entlang, der einmal so intensiv von der Sonne beschienen wurde, daß es ausgeschaut hat, wie auf einem Gemälde von van Goch.

Allgemein ärgerte man sich über die vielen Fliegen. Buz lag auf der Chaiselongue und las uns über die französische Revolution vor.

Zu später Stund´ tagte das „Literarische Quartett", das heut anlässlich Goethes 250. Geburtstag zu einem Terzett zusammengeschrumpft ist, da sich nur drei Leute mit dem nötigen Wissen über Goethe gefunden hatten.

Freitag, 27. August

Heiß, schwül. Wolkenüberzüge

Buz kramte in der Schublade mit den CDs herum, und legte uns schließlich Beethovens Sechste auf. Dirigiert von Herbert von Karajan.

Buz lag dazu langgestreckt auf dem Sofa, und fassungslos vor Begeisterung lauschten wir dem genialen Meisterwerk. Ich riss das Fenster auf, vor dem fleißige Arbeiter ihre Straßenarbeiten tätigten, und so etwas vielleicht noch nie gehört haben?

Eigentlich hätten sie die Arbeit niederlegen und sich fasziniert an unser Fenster drängen müssen, wenn sie nicht schon so abgestumpft wären?

Kurz vor Schluß, an gänzlich unpassender Stelle, wurden wir vom Telefon molestiert. Es war das Evchen, das seinen Selbstmord besprechen wollte.

Ich brach zum Honigholen auf den Hof neben der Sparkasse auf. Vor der Sparkasse versuchte ein alter Mann mich in sein Auto zu locken, um mich an einsamer Stelle zu ermorden. Er hielt ein Papier in Händen und frug mich einfach: „Habense das schon gelesen? - Kommense doch mit ins Auto!" Doch ich flüchtete…

Dann kaufte ich noch sehr ausgiebig im Supermarkt ein, mich dabei fühlend wie eine höhere Tochter, die wertvolle Zeit veruntreut und herumtrödelt. Für Frau Kionczyk kaufte ich eine gebogene Wurst, die man in den Keller hängen kann, um dann sagen zu können: „Wir haben ja noch eine Wurst für die Not!"

Auf dem Heimweg malte ich mir genußvoll aus, *wie ich von diesem Ausflug einfach nicht mehr nach Hause kehre. Spätestens wenn das Essen auf dem Tisch steht, wird die Omi unruhig und sagt: „wo is'n unser Mädchen?" … „Biddö?" Buz macht sich seiner behäbigen Art gemäß zunächst noch nicht so viel draus, doch wenn ich um vier Uhr nachmittags immer noch nicht da bin, beginnt auch er sich zu wundern, und nach einigen Tagen spricht es sich allgemein herum, daß eine 36-jährige Frau in Grebenstein vom Einkaufen nicht zurückgekehrt ist.*

Daheim fischte ich eine Postkarte aus Juist aus dem Kasten…

Buzen erging es heut ein wenig so, wie der Valerie aus der Lindenstraße: Die Hilde schrieb der Omi vieldeutig, daß sie immer dicker wird.

Murmelnd las ich der alten Dame die Karte vor, während Buz im Nebenzimmer wie ein gestrandeter Wal auf dem Urbett lag und seine Krimis las.

Wenn's nach der Omi gegangen wär, hätte Buz die Karte ruhig lesen dürfen, („ach, glaubs doch nicht, daß ihm das noch etwas ausmacht, Mädchen!") doch ich bin da vorsichtiger, und Hildes Schwanger- und Mutterschaft sollte man vielleicht doch an Buzen vorbeischmuggeln?

Dann aßen wir das wunderschöne von Omi Kionczyk vorbereitete Mittagessen: Fischstäbchen mit Kartoffeln und Salat.

Zur Mittagsstund´ schauten wir das Mittags-
magazin: Ein ungeheuerlicher Verdacht breitet sich
global aus: Ist Russlands Präsident Boris Jelzin in
Wirklichkeit ein Mafioso, der das ganze Geld
unterschlagen hat, während sein Volk mit dem
nackten Überleben beschäftigt ist? Doch die
politikverdrossenen Russen stehen dem Problem
eher gleichmütig gegenüber, und Jelzin kann in der
Beliebtheitsskala eigentlich gar nicht weitersinken,
erzählte eine Reporterin, da sein Po bereits das
Grundeis berühre.

Ich kaufte Buzen ein Heft und beschriftete es so
schön ich konnte: Solcherart wie es vielleicht eine
Mutter für ihren Sohn zu betreiben pflegt? Mit
schöner, etwas schülerhafter Sonntagsschrift schrieb
ich:

Wolfram König

Mein Schreibheft

2. Halbjahr 99

und schenkte es dem träge auf dem Sofa vor sich
hinlümmelnden Familienoberhaupt.

Freudig konstatierte ich später beim Teekochen,
daß Buz vier Seiten vollgeschrieben hatte.

Ich dachte mir etwas Lustiges aus: *Wie man die
Fenster mit Brettern vernagelt, und wenn jemand
vorbeikommt und frägt: „Was machense denn da??" dann
kann man sagen: „Habense denn noch nichts von dem*

Wirbelsturm gehört, der bald kommt?" und nachher haben
alle Nachbarn vernagelte Fenster, und es geschieht gar nichts!

Die Omi brachte mich in Verlegenheit:
Unbekümmert erzählte sie Buzen, daß heute eine
Postkarte aus Sylt gekommen sei – allerdings
verwechselte sie Sylt mit Juist, so daß Buz nicht
schlau daraus werden konnte. Mir aber schoss eine
Rötewelle ins Gesicht, weil ich Angst hatte, mein
Papi könne ein DHS* erleiden, so daß ich etwas
übereifrig in der Küche herumlärmte.

*Seelische Erschütterung, die einen auf dem falschen Fuße erwischt, und
eine Erkrankung nach sich zieht

Beim Abendessen ging´s die ganze Zeit lang nur
um die lästigen Fliegen, derer man nicht Herr wurde,
und in der wenigen Zeit, wo´s nicht um Fliegen ging,
hatte der Televisor das Wort.

Samstag, 28. August

Wolkig verdrossen. Fast nieselig –
abends zarte Aufklarung
wie auf Gemälden von Caspar David Friederich

Beim Frühstück schien sich das Schauspiel von
gestern fortspinnen zu wollen: Fliegenklatsche da,
Fliegenklatsche dort.
Ich vertrat die umstrittene Meinung, daß nur
dumme Menschen dem christlichen Glauben

Glauben schenken – dies sagte ich mehr locker-gleichmütig so dahin, weil ich mir nicht vorstellen kann, daß ein kluger Mensch so einen Zinnober wirklich glaubt.

Buz holte eine alte, zerfledderte Bibel herbei, und las uns die ganze Zeit irgendeinen Quatsch vor, wessen „Scham man nicht blößen dürfe". Mit dem Allerweltsrefrain: „Denn ich bin der HERR, dein GOTT!"

Die Omi befüllte das Geburtstagskärtchen, das ich gestern für die Edith ausgesucht hab, mit zwei blauen Riesen. Mit zittriger Schrift schrieb sie:

Der lieben Edith von Ella König

Ich freute mich auf die Geburtstagsstunde bei der Edith.

Buz war sich zu fein dazu, um Ediths Geburts-tagsfeier zu besuchen, und dabei schien mir die Biertischgesellschaft die dort feierte, wie maßge-schneidert für Buzen. Es gab vier verschiedene Torten, und ich saß eingezwackt zwischen der vielleicht ein wenig strengen Schwägerin „Viola" und Omi Kionczyk im Winkel. Mir gegenüber saß der Onkel Alfred, ein netter Mann mit einem vollen kahlen Kopf, der mir so familienzugehörig schien, als sei´s ein Onkel Buzens. Nicht genug damit: Ich stellte mir sogar vor, das sei mein Opa Gerhard, der noch lebte….

Das Geburtstagskind Edith indess sah man nur selten, da es meistens Kaffee kochte, oder die Sahne für die Heidelbeertorte schlug, und ich sagte zu Omi Kionczyk, die in wenigen Wochen 80 Jahre alt wird, daß sie sich dies bitte nicht als Beispiel nehmen möge, denn die Gäste wollen die Jubilatorin doch genießen?!

Ich geriet in Erzählschwung, und erntete eine beglückende Resonanz, als ich meine Anekdötchentruhe öffnete: Vom Yossi, dessen nackter Arm einst aus einem üppigen Schaumbad herausragte um den Kasten mit seiner kostbaren Stradivari-Bratsche zu umklammern, vom Hamann der seine junge knackige Ehefrau nicht genießen kann, weil er ständig Angst hat, sie könne ihm durchbrennen, von Buzen, der derothalben gemalt hat, weil sein Papa abends, wenn er von der Arbeit nachhause zurückkehrte, als Erstes in der Türe frug: „Hattdn der Junge was gemalt??"

Mußte die Frage verneint werden, so breitete sich eine Wolke der Mißbilligung in der Wohnung aus.

Nach einer Weile verabschiedete ich mich, weil ich gemeint habe, daß Buz & Omi sich vielleicht riesig freuen, wenn ich wieder da bin?

Die beiden saßen allerdings bloß auf eine etwas dröge Art vor dem Bildschirm.

Die Omi erzählte eine interessante Erbschaftsgeschichte von der Tante Marie, und wir lauschten höchst gebannt:

Die Tante Marie vermachte ihren Töchtern zwar ihr Sparbuch, aber als die Töchter das Guthaben

abheben und schwesterlich teilen wollten, hieß es, die verstorbene Tante sei kurz vor ihrem Ableben nochmals dagewesen, und habe bis auf eine symbolische Mark alles abgehoben, und niemand weiß, was sie mit dem Gelde gemacht hat?
Wahrscheinlich hat sie es jemandem geschenkt, der ihr sehr ans Herz gewachsen war?

Sonntag, 29. August
Grebenstein – Cloppenburg - Aurich

Sonnig. Hie und da interessante Wolkenüberzüge

Aus dem Radio erfuhren wir, daß Goethe sich nie bei Berlioz für die Oper „Faust" und bei Schubert für die rührenden Lieder bedankt hat – grad wie ein Snob. Jetzt sind alle tot, und es ist zu spät.

In Cloppenburg legten wir eine Rast ein, und ich vergnügte mich an der Idee, daß man hier doch mal Urlaub machen könne! Urlaub in Cloppenburg.
Wie ein kleines Töchterlein hüpfte ich neben Buzen her, und tat so, als könne man alles was wir so sagen im Fernsehen sehen und hören. Als ich mal etwas tiefer in einen Schreibwarenshop hinein-schauen wollte, lief Buz auf professorale Weise einfach weiter, und ich sagte laut auf fränkisch für die Kamera: „Da hod er koi Verständnis für…sonst ist er seelengut, aber nein, da hat er rein gar kein Verständnis!"

Sehr lang suchten wir an einem Eiscafé herum, und endlich fanden wir in einem Seitenarm Cloppenburgs das gut besuchte „Venezia", mit seiner prächtigen Hochglanzmenükarte.

Doch Buz und ich tranken je nur einen Cappuccino.

„Das Beste am Cappuccino ist nicht der Cappuccino selber, sondern der kostenlose Keks!" dozierte ich bedeutsam.

Ich frug Buz, wie es so wäre, wenn er ein ganz alleinstehender Herr wäre, der nach Cloppenburg gezogen ist, und dessen neue Arbeit in der Kreissparkasse morgen früh um acht Uhr begänne?

Die Kollegen sagen: „Morgen!" und „Tschüss!" und wenn das Betriebsfest gefeiert wird, bilden sich kleine Grüppchen, und Buz bleibt vorläufig unbeachtet stehen, weil er noch so neu ist? „Ob er dann wohl in den angebotenen Diavortrag über Südtirol ginge?" frug ich mit Blick auf ein Plakat das an einem Laden klebte.

Buz ging nicht groß auf meine Worte ein, aber mir gefielen die Geschichten.

Montag, 30. August

Harsch. Dick bewölkt und ernst. Bloß am Abend
zwischen den Wolkenballungen am Horizont
atemberaubendes flüssiges Gold

Rehlein faxte uns heute mehrere Vorschläge zu,
wie sie bei der Bundesrentenanstalt Widerworte
gegen die Frechheit der Beamtenschaft einlegen will.

Sooo lange strampelt Rehlein sich schon durch
einen Wust an beamtlichen Papieren, um wenigstens
ab dem 1. Mai berentet zu werden, und nun will man
Rehlein rückwirkend zum 1. Dezember 98 zu einer
Rentnerin mit magerer Rente abstempeln – auf daß
Rehlein Tausende zurückerstatten müsse!

Der erste Briefentwurf Rehleins klang leicht
wimmrig im Tonfall, so daß DIE vielleicht denken
mögen: Mit der kann man´s ja machen!

Rehlein schrieb nach langen Früchtebrotaus-
führungen: „P.S. Ich will nicht verhehlen, daß ich
mich über derart lange, unverständliche Briefe
furchtbar aufrege und zu zittern beginne…"

Worte die tönten, als sei Rehlein hochinvalid, was
bewirkte, daß ich mich heut den ganzen Tag um
Rehlein gesorgt hab! Überhaupt vermisste ich
Rehlein heute so, daß ich ein paarmal am liebsten
geweint hätte.

Einmal telefonierte ich mit Tones Mutti Bitze, und
erfuhr, daß sie gar keine Motivation verspüre, 90 zu

werden. „Nicht einmal 80!", da jetzt das übriggeblie-
bene Knie auch noch bockt!

Buz und ich besuchten die Bitze in ihrer Stube,
während die Dämmerung so langsam hereinbrach.
  Nüchtern betrachtet befand Buz sich jetzt so quasi
in einer Variation jener Situation vor der er gestern
so mehr oder minder geflüchtet ist: Am Tisch zu
sitzen, und eine alte Dame im Rollstuhl durch
Plaudereien zu erfreuen. Bloß hat die Bitze durch
ihre Unabgegriffenheit eine unerhört erfrischendere
Wirkung auf unseren Papa als seine eigene Mutter.
Buz verwandelte sich in eine richtig süße Plauder-
tasche, und bloß eine Sache ist ein wenig
automatisiert: Die Omi sieht´s nämlich nicht, wenn
Buz in der Nase wühlt, und nun meint Buz
unbewußt, Damen im Rollstuhl sähen nichts und die
Bitze sähe es auch nicht.

Dienstag, 31. August

Zunächst Wolkengebräu.
Am Nachmittag wunderschön!

An manchen Tagen kommt´s mir vor, als sei das
Kriechen ans Tageslicht ein derart Ding der
Unmöglichkeit, als läge man nach Art Mobblns tot
im zugeschraubten Sarg klaftertief unter der Erde!
  Doch dann erhob ich mich in einen Tag, wo der
ganze Tagesbeginn bereits sinnlos abgewelkt schien.

Ich begab mich auf den Weg zum Brötchenkauf, zog los und kehrte nicht wieder!

Obwohl Buz mich nie ausschimpft, werde ich kurioserweise von Gefühlen solcherart gepeinigt, ich sei eine junge Ehefrau, die auf der ganzen Linie versagt, weil sie nicht organisieren kann.

Zunächst lungerte ich ganz lang bei „Kaiser´s" rum (einem Supermarkt am Marktplatz). Alptraumartig fand und fand ich keinen Gasanzünder, „und ohne Gasanzünder kann ich doch nicht loskochen!" dachte ich erschreckend hilflos, und fühlte mich ratlos. Dann begab ich mich auch noch in den großen Carolinensupermarkt, und fand auch keinen!

Wenigstens wollte ich uns eine Sanddornmarmelade kaufen, und verschwand ganz lange im unterirdischen Supermarktslabyrinth. Zuerst fand und fand ich keine Sanddornmarmelade, und als ich sie dann doch fand, war sie mir zu teuer, und hinzu so gut wie abgelaufen!

Jedenfalls hatte ich, als ich endlich wieder in unser Anwesen einbog, das Gefühl, jahrelang fortgewesen zu sein.

Mittags kam eine Einladung zu Hans-Hermanns 50. Geburtstag am 3. Oktober, und obwohl der Hans-Hermann der Einladung einen lustigen Spruch von Wilhelm Busch vorangestellt hatte, las sie sich ein wenig traurig stimmend.

„Eins, zwei, drei im Sauseschritt, läuft die Zeit, wir laufen mit!"

Zu Mittag kaufte ich ein, und kochte mit Freuden: So, als wolle ich mir beweisen, daß ich als Hausfrau doch noch nicht soo nachgelassen hab. Ein interessantes Reis-Möhrengericht wurde draus, für welches man die Möhren mit dem Sparschäler der Längsachse nach abhobeln mußte.

Abends telefonierte ich mit der Insa. Ich erfuhr das, was ich schon gewußt hab: Daß sie sich vom George getrennt habe, obwohl sie ihn für den liebsten Mann der Welt hält. Jetzt ist die Insa erstmals im Leben ungebunden. Die Arbeit im Zahnambulatorium sei öd, so daß die Insa lieber Hausfrau wäre. Ich vermutete interessiert, daß es vielen Leute, denen die Insa ihre krummen Zähne wieder grade biegt, womöglich so ergehen wird, wie mir damals, als mir eine Kosmetikerin sämtliche Pickel entfernte: Als ich hernach erwartungsfroh in den Spiegel blickte, dachte ich nur Eines: „Ohne Pickel sehe ich doof aus!" Und auch jene Leute die sich nun über ihre geraden Zähne freuen sollten, fühlen sich womöglich plötzlich fremd im eigenen Körper und möchten am liebsten gar nicht mehr in den Spiegel schauen? Doch wenn man sich die Zähne wieder krumm machen lassen will, so übernimmt´ die Krankenkasse nicht.

Über Hildes Mohr sprachen wir auch, und Buz benutzte andauernd den Ausdruck „duselig".

September 1999

Mittwoch, 1. September

Verquollenes Waschküchenwetter

Rehlein in Ofenbach steckt z.Zt. dermaßen im Rentenstress!

Rehlein tut mir so leid, und ich mache mir solche Sorgen um meine süße kleine Mama.

Heute schickte Rehlein einen Briefentwurf an die BfA, wofür ich das Kuvert hab gestalten dürfen, und für uns hatte Rehlein nur ein kleines eiliges Zettelchen geschrieben, daß sie den ganzen BfA-Scheiß gelesen habe, und nun blutdrucksenkende Medikamente aus der Apotheke holen muß.

Einmal rief Ming aus San Franzisko an, wohin er gereist war, um die Flammen der Liebe neu zu entfachen.

„…am Anfang gab es eine Anwärmphase," gab Ming zögernd zu, aber jetzt sei es sehr schön.

„Mein lieber Schatz!" nannte Buz gar seinen erwachsenen Sohn!

Ich schilderte Ming, wie unser Papa zur Zeit so sei: Fahrig, milde, geistesabwesend…so, wie den 80-jährigen Menuhin müsse man ihn sich in Etwa vorstellen. Buz schlug zu diesen Worten gutmütig mit einem zusammengerollten Papier nach mir…

Donnerstag, 2. September
Aurich - Baltrum

Es versprach schön zu werden,
doch über dem Irdischen schwebte immer noch
eine Dunstschicht.
Abends war´s dann jedoch wirklich schön

Im Morgengrauen, beim Lesen im Schaukelstuhl, passierte mir eine Ärgerlichkeit, an die ich nie und nimmer gedacht hätte: Meine Stimmbänder verzwirbelten sich in jenem Sinne, daß man sich ständig heiser kläffend räuspern möchte. Bloß nutzte es nichts (mehr).

Schaudernd dachte ich beim Üben darüber nach, wie mein Leben ohne Stimme wohl weiterginge? Die wenigen Freunde, die ich vielleicht noch habe, würden sich von mir zurückziehen, weil mit der Stimme mein ganzer Reiz flöten ging. Nicht einmal auflachen könnte ich, wenn irgendwo ein Scherz gezündet wird, und in den Geschäften könnte ich mich nicht gescheit artikulieren, so daß man gezwungen ist, mit törichtem Ausdruck ratlos auf mich draufzublicken.

In der Stube saß Buz nach Seniorenart vor dem Bildschirm und schaute sich einen alten Film aus dem Jahre 1949 an, der auch mir äußerst ansprechend schien: Ein Herr dirigierte ein Orchester, und bat einen Kontrabassisten, eine Stelle allein zu spielen. (Etwas, das heutzutage wiederum verboten wäre). Das Holzgehobel auf dem Kontrabaß hörte sich lustig an, und der Dirigent sagte: „Danke. Bravo. Wenn sie es gelegentlich zuhause ein wenig üben würden?"

Der süße Buz schämte sich so entzückend, weil er so faul war.

Im Schiff nach Baltrum saß ich einsam an einem Tisch, den Blick auf zwei mongoloide Mädchen gerichtet (zirka zehn Jahre alt), von denen eines ausschaute wie die Klavierlehrerin Frau Seibl in jung und mongoloid. Die andere Mongoloide hat einmal ganz wild, fast an *mich* erinnernd, auf einen jungen Herrn eingebusselt, der ein possierliches, aber leider häßliches Baby auf den Knien sitzen hatte. (Karotinbraun und mit einer aufgeworfenen Steckdosennase.)

Am Hafen wurde ich von Herrn Friebe, dem Inselgeistlichen abgeholt: Einem milden Herrn mit einem vollwangigen, weißen Kopf, einem einerseits frühlingshaft-kindlich, andererseits weisen Lächeln, und einem blitzenden Goldzahn seitlich. Auf dem Gepäckträger seines Fahrrads saß sein kleines Töchterlein, und ich erfuhr, daß Herr Friebe demnächst, im November, zum drittenmal Vater wird.

Die Insel mit den vielen rostroten Backstein-häusern, die allesamt einen Namen tragen – meist den der Dame des Hauses, so als ob unser Haus „Haus Erika" heißen wolle, bildet „eine Welt für sich". Ich regte scherzhaft an, man könne die Kinder doch in dem Glauben aufwachsen lassen, dies sei die ganze Welt!

Untergebracht bin ich im „Haus am Meer", in einem schmucklosen Zimmer, wo man sich das Bett selber beziehen mußte. Meine Mitbewohner hier im Hause sind Herr und Frau Kij aus Braunschweig, die über den Sommer hinweg die geistliche Urlaubsvertretung übernommen haben.

Der sympathische junge Pfarrer mit der üppigen Blumenkohlfrisur stand eine ganze Weile lang auf frischer Nachbarschaftsebene im Türrahmen. Wir plauderten und freundeten uns regelrecht an. Ich erfuhr, daß er sogar Mordpastor Geyer persönlich kennt, und dessen ermordete Frau Veronika kannte. Beide seien sehr kluge und sympathische Menschen (gewesen).

Im „Bau" sitzt der Knastor ja vielleicht noch ganz gut, doch wenn er wegen guter Führung irgendwann vorzeitig entlassen wird – na, dann Prost! Dann beginnt der nackte Kampf ums Überleben, weil ihm die hannoveranische Kirche auf ihre hartherzige Art alle Bezüge hinwegzukürzen gedenkt.

Im Garten krabbelte das kleine Söhnchen von Pastor Kij herum.

„Kann er schon laufen?" frug ich tantlich anteilnehmend, und die Hand voll Bürschl antwortete: „Beinah!" D.h. ich hab *geglaubt,* er sagte „beinah", doch in Wirklichkeit soll's nur „Beine" geheißen haben, weil soeben jemand mit bloßen Beinen

vorbeipromenierte, und der Knirps seinen kleinen
Zeigefinger danach ausfuhr.

Im Gemeindehaus krabbelte er unter dem Tisch
herum und sagte: „Malte" (so heißt er)   und
„Hopphopp!"

Freitag, 3. September
Baltrum - Aurich

wunderschön

„Dank" meiner eingerosteten Stimme bring ich
kaum noch ein Wort heraus. Etwas, was ich
allerdings nur merke, wenn ich reden muß.

In einem Schaukasten las ich Schockierendes:

Die Teestube - auf dem Baltrumplan noch als
Schmuckstück eingezeichnet - ist letztes Jahr
abgebrannt, und die vierköpfige Familie Muth, die
bei diesem Brand all ihr Hab & Gut verlor, konnte
auch nur durch eine unglaubliche Schicksalsfügung
gerettet werden: Durch einen   aufmerksamen,
schlaflosen Nachbarn!

Vor dem „Haus am Meer" stand der kleine Malte,
und wirkte so ernst. Einmal sagte er allerdings:
„Fahrrad!" und deutete mit seinem kleinen
Wurstfinger auf einen Radelnden. Ich erfuhr, daß er
zunächst Neurodermitis und dann Asthma gehabt
hat. Doch beide Leiden verschwanden vor einiger

Zeit wie durch ein Wunder quasi von einem Tag auf den anderen!

In der Stadt traf ich eine Schwäbin, die sich zwei Dackel hielt, mit denen sie laut redete, so als wenn´s Menschen seien. Einmal sagte sie lautstark und für den hohen Norden ein wenig unpassend: „s´ Fraulö kommt gloi!" <small>Frauchen kommt gleich</small>

Mittags besuchte ich die Friebes.

Ich erfuhr, daß zum Konzert von Herrn Gaßmann, einem Gitarristen, nur zwölf Hörwillige gekommen sind. „War da der Herr Gaßmann nicht ganz traurig?" frug ich mitfühlend.

Doch der Gaßmann sei ein lustiger Mensch, der viel lacht, und das nicht so tragisch nimmt, erfuhr ich.

Abends war ich wieder daheim in Aurich.

Buz & ich besuchten die Eheleute Wader. Bei schönstem Sonnenschein kamen wir dort an, - in nachtschwadiger Dunkelheit kehrten wir wieder heim - so wohl fühlten wir uns bei dem jahresgedörrten Ehepaar.

Buz wurde wieder jung und burschenhaft, und ich betrachtete meinen alten Vater oftmals mit zärtlicher Rührung. Wir saßen im Garten unserer Gastgeber an einem schön gedeckten Abendeßtisch, und zu vorgerückter Stund´ wurde gar Cointreau ausge-schenkt.

Zur Dame des Hauses sagte ich: „Du darfst uns nicht so sehr verwöhnen, sonst gehen wir nicht mehr!"

Buz erzählte von unserem Schaf Mucki, das mal bei Omi Rautenberg alle Blumen abgefressen habe.

Buz will den enthemmten Schafsbock eingefangen haben, doch ich stellte mir eher vor, wie das Suppenschaf Buz auf die Hörner nahm, und dann mit ihm die Straße hinabjagte, so daß es ausgeschaut hat, wie von Wilhelm Busch gezeichnet.

Samstag, 4. September
Aurich - Göttingen

In Ostfriesland zunächst weiße Wolken -
aussehend wie bedeutungsvolle Runzeln auf der
Stirne eines Professors.
Dann wunderschön und ganz warm.

Morgens begrüßte ich den bettwarmen süßen Buz und stellte fest, daß es mit meiner Stimme noch ärger geworden war. Später, als ich Buzen warme Dankesworte machte, weil er mich so nett nach Leer fährt, hörten sich die Dankesworte in einer tiefen, heiseren Stimme vorgetragen, ganz unsympathisch an.

Zum Frühstück lauschten wir Folgendem: Gerswinds Aufnahme mit der für Bratsche umgeschriebenen vierten Violinsonate von Beethoven. Ich fand die Aufnahme gar nicht übel. Zwar hörten sich die Bemühungen auf der Bratsche für manch´ kritisches Ohr leicht jaulig und gequält an, doch an anderer Stelle wiederum rührte es mich, daß in einer Decrescendostelle ein jeder Ton leiser und zarter interpretiert wurde als der Vorhergehende!

Hernach hörten wir die Lieder von Herrn Heike, und später noch etwas anderes, ebenfalls von Herrn Heike komponiertes: Eine Dame sprach und sang Texte, sogar sinnlicher Art („Jungfrauen lassen ihre vollen Brüste hervorquellen") zu rockigen Musikfetzen, die ich gar nicht schlecht fand.

Im Zug nach Göttingen:
In meinem Blickwinkel reiste ein zirka 6-jähriger Junge mit seiner Omi.

Gegenüber dem Gespann saß zunächst ein Herr mit einer gebogenen Nase, von dem ich nicht schlau draus wurde, ob´s vielleicht der Vater oder der Onkel war, und noch danebiger saß ein fremder, halbjunger Mann, der in einem Kriminalroman von Helga Riedel schmökerte, und wahrscheinlich, wie so viele Erwachsene, sehr menschenscheu war, denn als der kleine Junge ein Gespräch mit ihm einfädeln wollte, gab er zwar keine einsilbigen, jedoch keine Silbe mehr als nöt´gen Antworten. Der süße Junge frug: „Wo fährst du hin?" „Nach Göttingen" sagte der Fremde höflich, und verschanzte sich schnell noch tiefer hinter seinem Buch, weil ihn das Interview verlegen stimmte.

Die Oma war erziehungsberechtigungsgemäß mal nett, mal streng zu dem lebendigen süßen Knaben, der oft völlig verbogen, geradezu yogaübungshaft in den Sitz geschmiegt war. Einmal wischte sie ihm leicht erzürnt eine, weil er sie vermutlich ins Ohr gebissen hat, und dann wiederum bebusselte sie ihn besitzergreifend. Der kleine Junge redete immer ganz viel, und als er mal eine Brezel aß, hat er die Brezel gar als Brille zweckentfremdet!

Die Sonne flutete durch´s Zugefenster, und es sah so wunderschön aus in der Nähe Göttingens.

Den Abend verbrachte ich bei meinem lieben Freund George, der so rührend für mich gekocht hatte: Hühnchen mit Reis und einer pikanten Soße.

Die Insa hat dem George zum Abschied ein kunstvolles, wunderschönes Nacktportrait von sich geschickt:

Hingegossen auf einer Chaiselongue, wie von Meisterhand gepinselt.

Sonntag, 5. September

Wunderschön

In meinem schmückenden blauen Kleid lief ich zur Albani-Kirche, wo heut eine diamantene Konfir-mation auf dem Programm stand. Ich war sehr gespannt, wie Konfirmanden wohl „60 Jahre danach" aussehen – na, der Leser wird´s sich denken können?

Der Organist hoch oben auf der Empore erinnerte an einen Herrn, den ich kannte, und ich schaute auf ein süßes kleines Mädchen mit goldglänzenden, geflochtenen Zöpfen drauf, und stellte mir vor es sei das siebenjährige Rehlein im Herbst 1946.

Dreimal wurde ich als Musikantin eingesetzt.

Auch der George lauschte dem Geschehen, und auf dem Heimweg zeigte sich ein Aspekt seiner Persönlichkeit, der mich so an Rehlein erinnerte: Seine Aufmerksamkeit. Alles, was ich irgendwie angesprochen hatte, griff er auf und versuchte es in der Tagesgestaltung unterzubringen: Ich mußte essen, schlafen, üben – er mußte ein Foto von mir vor der Albanikirche schießen, weil heut der Fünfte ist, und ich alle fünf Tage lang ein Foto in mein Tagebuch kleben muß, um mein Altern zu dokumentieren …

Beim Mittagessen, einer Brotzeit mit Käse, Milch, Joghurt und dick abgehobeltem Bauernbrot, erzählte ich vom Pfarrer Nytsch, der immer so geistesabwesend wirkt: Wenn er predigt leiern seine Lippen irgendwelchen angelesenen Unsinn hinab, doch mit den Gedanken sei er immer ganz woanders!

Der George ist extra für mich zur Apotheke gegangen und brachte mir Halstabletten mit.

Abends fand mein Konzert statt.

Als wir an der Kirche eintrafen, stand bereits ein sehr höflicher, bebrillter Jüngling „Schlange", um sich eine Karte zu kaufen.

„Ich freue mich darauf!" sagte er sehr höflich und gleichsam nett zu mir, so daß natürlich wiederum ich mich freute. In die Freude über die netten Leute, die sich so zeitig eine Karte kaufen, mischte sich aber auch ein wenig die Furcht, durch ein dummes Mißverständnis könne die Kirche nachher nicht aufgesperrt werden?!

Schließlich war´s aber doch der merkwürdig profillose Pfarrer Nytsch, der kam, und dem Spektakel überraschender Weise sogar beiwohnte.

„Viutos!" sagte er hernach ein wenig unbeholfen, und benützte hierfür einen Ausdruck, der ihm nicht sehr geläufig schien.

Ich erfuhr, daß es ein Hobby vom George ist, Nacktfotos zu schießen: Allerdings schöne und künstlerische und keine lächerliche und häßliche! Stolz führte er mir seine ästhetische Sammlung vor: Seine Schwägerin Gesine, die er so oft als entblößte Eva in künstlerischen Posen abgelichtet hat, starb leider bereits mit 35 Jahren an Krebs!

Montag, 6. September
Göttingen - Grebenstein

Sonnig/freundlich

Wenn ich nur wollte, könnte ich nun auf ewig
beim George bleiben, da er jetzt allein und einsam
ist. Im Badezimmer, wo ein Klopapierhalter in Form
einer griechischer Statue steht, überlegte ich, daß ich
dann bald sehr verwöhnt wäre. Doch ob es ratsam
wäre, das Leben einer verwöhnten Frau zu führen?

Meistens gebe ich mir Mühe, etwas Lustiges zu
plaudern, doch der George hört nicht mehr so gut
wie früher, und ist darüber hinaus zuweilen etwas
geistesabwesend. Nichtssagendes und anstrengendes
Herumgeschweige, wie's ja leider allzu oft zwischen
Mann & Frau vorkommt, gibt's leider auch. Ich
schaue mich dann immer in der Unordnung um, und
suche irgendetwas, das mir als Ausgangspunkt für
einen anzubringenden Satz dienen könnte.

Als der George zur Arbeit ins Institut aufbrach,
sagte er sinnig: „Und komm bitte nicht auf die Idee
etwas im Haushalt zu tun, und komm bitte noch
weniger auf die Idee, mir etwas zu kaufen!" Da war
ich froh, da mir beides auch komisch und
klischéehaft erschienen wäre.

Fußgängerzone Göttingen:
Zwei Russen spielten Bach´s h-moll Suite derart
zauberisch auf dem Akkordeon, daß ich ganz viel für
die Musik empfand.

Leider habe ich mich von Georges Unordnung bereits ein wenig anstecken lassen: Mein Hab & Gut hatte sich bereits mit jenem vom George vermischt, und mußte wieder herausgefiltert werden.

Zum Nachtisch gibt´s alle Tage selbstgemachten Joghurt – d.h. ein bißchen echten Joghurt muß man dazu nehmen, und dann vermehrt er sich auf wundersame Weise von allein, so wie das Geld auf der Bank.

Ich riet dem George, sich gegen seine Einsamkeit einen Goldfisch zu kaufen, von dem sich die Aura im Hause auch gleich anders anfühlen würde.

Schweren Herzens verabschiedete ich mich vom George, und fuhr zur Omi nach Grebenstein:

Leider ließ sich zu Anfang nur mit Müh´ an den begeisternden Grebensteinbesuch von vor einer Woche anknüpfen. Mir ging´s wohl so, wie es Ming in San Franzisko ging: Daß man erst eine Anwärmephase brauchte. Die äußerte sich darin, daß ich mich in meinem Redefluss gehemmt fühlte, weil mir die Erwartung, daß die Omi gleich: „biddö??" sagt, den Schwung nahm.

Dann meinte die Omi, ich müsse bei meiner Vorstellung in Kassel etwas schneller reden, und dürfe nicht so irr mit den Fingern zappeln. Das sagt sie immer in dem Moment, wenn ich mich auf meinem Stuhl am Eßtisch mit Grebenstein angewärmt habe, und es stimmte mich ein wenig mürbe, daß alles was die Omi sagt, so vorhersehbar ist.

Bald schon klingelte Frau Kionczyk, und ihre Erzählungen bar jeglichen Inhalts und jeglicher Thematik machten mich heut so kribbelig, daß ich am liebsten in einen hysterischen Schreikrampf verfallen wäre.

Ich entdeckte Hildes CD, und war entzückt von dem hübschen Foto, auf dem die Hilde ausschaut, als habe sie absolut makellose Zähne.

Erfreut legte ich sie gleich auf, und es erscholl Ming´s köstliche Haydn-Sonate.

Dann las ich der Omi die Todesanzeigen aus der HNA vor: Eine Dame wurde 95 Jahre alt, und ich scherzte darüber, wie das wohl gewesen wäre, wenn man trotz des vorgerückten Alters: „Unfassbar für uns alle – in unsäglichem Schmerz!" geschrieben hätte?

„Ach Unsinn!" sagte die Omi wie alle Tage

Dienstag, 7. September
Grebenstein - Stuttgart

Am Morgen rief der Onkel Hartmut an. Er erzählte, daß er Kontakt zur Hilde aufgenommen habe, da er sich im Namen der Oma für die CD bedanken wollte. Ich malte mir aus, *wie es Buzen umhiebe, wenn es plötzlich hieße, die Hilde habe sich*

inzwischen mit dem Hartmut angewärmt, und sähe im
November Mutterfreuden entgegen.

Beim Frühstück wurde die Omi fast ein wenig
ungemütlich, weil ich zum Spaß gesagt hab, ich hätte
dem Onkel Hartmut am Telefon erzählt, daß Buz
demnächst wieder Vater würde.

Die Omi erzählte mir, wie sie mal bei uns in
Aurich war, und die Unordnung sei einfach
entsetzlich gewesen! „Gottachgottachgottachgott!"
grauste sich die Omi mit ihrem dünnen Kopf, über
welchem sie nun die Hände zusammenschlug und
sich schaudernd in der Erinnerung wand.

Ich rief die Hilde an, und als ich nur zart
andeutete, daß ich „vielleicht" käme, sagte sie so
nett: „Oh bitte, bitte komm!" Daß Mobbl gestorben
ist, ging auch der Hilke durch und durch, und ihr
Wurftermin ist genau an Opas 90. Geburtstag, dem
21. November, so daß wir in einiger Zeit immer
genau wissen, auf welchem Entwicklungsstand der
Opa heut vor 90 Jahren war!

Nach einer Weile kam Omi Kionczyk zum kochen.
Wundersamerweise reagierte die von uns als eher
einfach eingestufte Dame auf die Violinmusik die aus
dem CD-Türmchen quoll.

„Ich dachte schon das wären Sie!" sagte sie nett,
und ich sagte: "Das dachte ich auch. Bis ich mich
hier im Spiegel sah!" Und weil ich das so lustig fand,
sagte ich´s gleich zweimal, damit es die alte Dame

auch hört, und Frau Kionczyk belachte meinen Scherz nach einer Weile auch.

Dann las ich der interessierten Omi aus der Bild-Zeitung vor. Meine Abreise in den Süden hatten wir auf 16 Uhr 38 terminiert.

Die Omi telefonierte mit dem Evchen, doch leider endete das Telefonat unerfreulich, und das Evchen sagte: „Schöne Weihnachten auch!" (dahinge-schmettert und verächtlich im Klang), da es viel-leicht Selbstmord verübt, oder aber sich bis nach Weihnachten nicht mehr zu melden gedenkt.

Schräg hinter der Omi lugte wie alle Tage das gerahmte Bild vom Opa Gerhard hervor, und ein bißchen ist´s tatsächlich so, als befände sich der Opa mit uns im Raume.

Heute öffnete ich den Bilderrahmen und entdeckte dort drei weitere Bilder. Auf einem sah man den Opa Gerhard in Uniform.

Bilder von Utelchen und Buzen, denen man scherzhaft die Dienstmütze vom Papa übergestülpt hat, gab´s auch, und der kleine Buz hat so süß salutiert! Ich erfuhr, daß Buzen diese Bilder unangenehm seien. Er möchte nicht, daß sie seinen Kindern in die Hände fallen, doch mir machen sie nichts aus. Eine normale, politisch entrüstete Enkelin wäre vielleicht ganz außer sich geraten, doch ich?

Zum Abschied küsste ich die Omi ganz, ganz oft, und als ich an der Türe angekommen war, rannte ich wieder zurück, um sie nochmals ganz oft zu küssen, und wir liebten uns unglaublich- „Vielleicht verpass ich jetzt den Zug!" sinnierte ich, „aber für einen guten Zweck – weil ich dich so oft geküsst habe!"

Als ich wieder auf die Straße trat, fühlte ich mich traurig, und bewunk nochmals wehmütig das Haus, und jenes von den Kionczyks bewunk ich auch. Frau Kionczyk hat mich aber gesehen, und trat zu mir auf die Straße, um mich ein Stückerl des Weges zu begleiten. Frau Kionczyk stak in einer schmerzlichen Mutter/Tochter-Krise.

„Die Edith ist immer noch nicht da!" sagte sie mit Blick auf den kahlen Parkplatz niedergeschlagen.

Ich erfuhr, daß die Edith auch das Geschirr nicht abgeräumt habe, doch Mutti Kionczyk mischt sich da nicht mehr ein, weil die Edith dann ärgerlich wird. In der Psychiatrischen hat sie gelernt, daß man sich von der Mutter lösen solle…

Im nächsten Auto das uns entgegenfuhr hat man dann die Edith hinten drinsitzen sehen, doch Frau Kionczyk murmelte bloß niedergeschlagen: "Die kann mich mal gern haben…"

Im ICE telefonierte ich mit Rehlein, und Rehlein war so unbeschreiblich nett, und freute sich, daß ich zu Besuch komme. „Ich bin schon ganz senioren-erprobt!" sagte ich, um auch den Opa aufzumuntern, der erwartungsfroh neben Rehlein stand.

Nach 21 Uhr in der Hegelstraße:
Die schwangerschaftsverformte Hilde begrüßte mich sehr nett, und wenig später kam ihre Freundin

Ulrike, eine Schauspielerin, die auch um Nachtasyl angesucht hatte.

Im Hause hatte man ein wenig umgeräumt, und ich würde im ehemaligen Probezimmer neben dem Flügel nächtigen.

„Der Nestbautrieb!" zwitscherte die sehr fröhliche und lebensbejahende Hilde.

Der Omar war noch beim Basketball-Training, und würde erst zu später Stund zurückkehren.

Hilde und Omar leben jetzt zusammen, und der Omar könnte *zwei* Stellen als Profibasketaller haben. An beiden Stellen sei man so nett zu ihm, und will ihn unbedingt haben! Doch der Omar würde mingesgleich gerne das Abitur nachholen und gelegentlich einen seriösen Beruf ausüben.

Mittwoch, 8. September
Stuttgart - Trossingen

Wunderschön –
hin und wieder kurze Wolkenüberquerungen,
z.T. gar über die Sonne hinweg, so daß die Sonne
hernach wie eine nackte Glühbirne gewirkt hat

In Trossingen:
Als ich an der „Traube" die fromme Conny vorbeiradeln sah, dachte ich: "Muß das jetzt sein?" lachte aber recht freundlich, zumal die Conny so „in-sich-stimmig" und zufrieden wirkt. Das mit ihrer

Hochzeit hat sie mir aber verschwiegen, weil ich nur zur zweiten Bekanntschaftsgarnitur zähle.

„Hast du heute abend schon etwas vor?" frug sie geheimnisvoll. Ich gab mich bedeckt, da man ja erst wissen müsste, auf was sie hinauswill – doch es war nur der Bibelstammtisch, für den sie mich zu erwärmen suchte.

Als ich die Klappe unter dem Herd öffnete, fand ich dort ein seit sechs Jahren abgängiges Stückchen Brot.

Es war so: Ich war mir damals sicher, zwei Brotscheiben in den Tooster gestopft zu haben, wobei es sich um den historischen Tooster meines Vormieters handelte, aus dem die Brotstücke zum Gaudium der Tafelnden in die Höhe zu hüpfen pflegten. Doch nur *ein* Brot landete, und das zweite hinweggehüpfte kam nie an. Ein ganz großes Rätsel in meinem Leben löste sich somit nach all den Jahren. Als ich's aufheben wollte, zerfiel's zu Staub.

Donnerstag, 9. September

sonnig

Traum:

In unserem Heim hatte jemand das Klavier so fest an die Wand gedrückt, daß sich die Tasten aufgestellt haben, und sich einem etwas aufdringlich als die Zähne eines Ungeheuers offenbaren wollten.

Allen erzähle ich, daß ich bald zum Opasitten fahre, und daß der Opa vielleicht hundert oder 110 Jahre alt wird, und manchen erzähle ich einfach, daß der Opa schon 92 sei, damit ich mich nicht gar so härme, wenn er mal nicht mehr ist.

„Vielleicht komme ich erst wieder in 18 Jahren!" scherzte ich.

Auf dem Markt kaufte ich sechs Cox-Oranges, die hernach so nach Zwiebeln müffelten, daß ich sogar kurz erwog, sie wieder zurückzubringen, und dabei war ich doch selber schuld:

Das Döschen mit den dicken Bohnen, das ich einem Griechen auf dem Markt abgekauft hab, hatte sich entleert!

Im ZDF wurde ein schockierender Report über einen armen Rumänen gebracht, der nach einer Gasexplosion praktisch kein Gesicht mehr hatte. In Deutschland wurde es durch unzählige Operationen wieder ansehnlich gemacht, und dann erlebte man, wie er mit einem ansehnlichen Gesicht in sein armseliges, rumänisches Dorf zurückkehrte.

Das ganze Dorf rannte ergriffen zusammen, um ihn mit Küssen und Umarmungen willkommen zu heißen….

Mittags riss ich mich am Riemen, und machte mir knallhart einen Plan: Von da ab ging´s mit mir bergauf: 15 – 16 Uhr übte ich. Ich repetierte Beethovens c-moll-Sonate. Manchmal erwischte ich mich dabei, wie ich mir einige Stellen schon von Anne-Sophie Mutter abgehorcht hab, denn es handelte sich hierbei um „synthetische Genialität" und Beethoven braucht doch eine ganz naturbelassene, entwaffnende Energie. Sogar Mut zum Infantilen hin muß man haben!

Gottseidank fiel mir dies noch rechtzeitig ein.

Bei „Moden Koch" vertraute ich der Verkäuferin an, daß ich etwas für eine Bewerbung bräuche, und sie empfahl ein Tuchkostüm von Garry Weber.

Ich probierte zwiefach etwas an, doch mein Spiegelbild stimmte mich unfroh.

Gekauft habe ich mir heut nur ein paar hochelegante Schuh, um die herum ich mein Outfit dann wohl „komponieren" muß.

Daheim schrieb ich eine ganze Stunde lang Briefe. Viele Briefe waren nach Art angebissener Äpfel bereits angeschrieben, und ich mußte sie bloß mehr zuende schreiben. Einige Briefe, z.B. an Heinz-Werner Zimmermann und das Lindalein, wurden fertig, und dann schrieb ich mich beim Brief ans Beätchen sogar in Glut, so daß ich gezwungen war, ein weiteres Blatt abzuzupfen. Dies passiert mir öfters, doch zuweilen erlahmt der Schreibschwung auf dem neuen Blatte bereits nach eineinhalb Zeilen.

Abends rief Rehlein an. Dem Opa ginge es wunderbar. Heute habe er aus freien Stücken heraus nach seinem Mäntelchen gegriffen, und einen Nachbarn besucht.

Von Ming in San Franzisko habe man erfahren, daß das Lindalein den ganzen Tag auf Maloche sei, und Ming selber leide unter seinem einsamen Beruf als Pianist!

Buz rief auch an, nur um meine Stimme zu hören.

Ich erzählte ihm ganz viel, bloß „das" mit der Hilke sparte ich nach Sowjetart aus.

Freitag, 10. September
Trossingen - Rottweil - Stuttgart

Wunderbar warm und sonnig

Am Bahnhof begegnete ich Herrn Baynov und lächelte ihn freundlich an. Zu Herrn Baynov sind nur noch die Wenigsten freundlich, da er unter Verdacht steht, zwei Studentinnen vergewaltigt zu haben. Doch ich hab damit keine Probleme, da ich mich nicht so rasch empöre, und hinzu die Unschuldsvermutung gilt. Als Maske gegen seine Verlegenheit vor jungen Schneegänsen wie mir, setzte Herr Baynov ein spitzbübisches Grinsen auf, zumal er mit Studentinnen, außer vielleicht erotischen Kabinettstückchen, absolut nichts anzufangen weiß.

Im Inneren des Trossinger Bähnles betrieben wir angestrengt Konversation, doch es war mühsam, da ungefähr so viel Konversationsstoff vorhanden war, wie Haarwuschmittel in einer leeren Schampooflasche, an der man mit tropfendem Haar in die Wanne hineingekrümmt, vergebens herumdrückt.

Ich erfuhr, daß Herr Baynov Rentner ist, und in rudimentärstem deutsch erzählte er, wie seine Schüler mit Orchester spielen, und er ihnen hinterherreist! Dies gefiel mir, und erinnerte direkt an Buz.

Eine normale Geigerin an meiner Stelle hätte sicherlich auch ein wenig aufschneiden können, („Ich habe letzte Woche in Göttingen konzertiert!") doch mir fehlte das innere Feuer, dererlei farbig auszubreiten, und als Herr Baynov mich frug, wo ich unterrichte, sagte ich schlicht: „Nirgendwo. Mein Ohr pflegt sich den Gegebenheiten anzupassen, und diese Einstellung ist für einen guten Geigenlehrer schlicht indiskutabel." Doch dies komplizierte Satzgebilde verstand er nicht.

In Trossingen Bahnhof angelangt war uns der Gesprächsstoff bereits verpufft…

Der Professor lief auf und ab, studierte etwas übertrieben am Fahrplan herum, und auch wenn wir uns vielleicht zum letzten Mal im Leben gesehen haben, gab´s zwischen uns nichts mehr zu bereden.

Nachtrag 2021:
Tatsächlich: Dies war das letzte Mal, da der Professor mittlerweile auf dem Gottesacker in einem kleinen schwäbischen Dorf seine letzte Ruhe fand

Heute lernte ich endlich die kleine Rosalie kennen, die vielleicht bald mein Patenkind wird? Sie hielt so süß ihre Zehlein gefaltet, und außerdem lachte sie oftmals freundlich. Die Ute war ganz außer sich vor Freude und Stolz, und sagte ganz oft liebevoll: „Rooosalie!"

Wir setzten uns in die Sonne vor dem Hause, wo jetzt allerhand herumsteht: z.B. ein Stall mit zwei ganz stillen Karnickeln.

Bald jedoch mußte ich bereits nach Stuttgart aufbrechen.

In Stuttgart fand ich den Schlüssel, den mir die Hilde unter ihren Fahrradsattel gezwackt hat, problemlos.

Samstag, 11. September
Stuttgart - Ofenbach

Wunderschön. Ganz warm

Im Zug nach München:

In meinem Nacken unterhielt ein alter Mann eine fremde Dame ohne Punkt und Komma mit seniorilem Gebabbl. Es klang wie in einem Loriot-Sketsch.

Einmal sagte er: „Ich werde meiner Mutter immer ähnlicher!" Doch dann wurde er tiefsinniger und frug die unter dem Vollaberungsschwall eher etwas einsilbig gewordene Dame: „Wo kommt ihrer Meinung nach der Mensch her?"

„Wie soll ich das verstehen?" frug die Dame, und hatte leider keine rechte Antwort parat. Solcherart als habe sie sich mit diesem weltbewegenden Thema noch niemals auseinandergesetzt.

„Für mich ist die Antwort eindeutig!" sagte der schwatzhafte Herr geheimnisvoll, „GOTT hat den Menschen erschaffen!" und dann erzählte er noch entwaffnend, daß er immer gerne drauflosplappere, und erst hinterher sein Gehirn einschalte. Da lachten die Mitreisenden befreit und verbindend.

Später stand ich in der Menge eingekeilt, vor der mit tiefsinnigen Plaudereien beduschten Dame. Der weißhaarige Herr hat es sich nicht nehmen lassen, sich vorne hinzustellen, um seiner neuen Bekannten mit den Köffern behilflich zu sein, und nun hörte man ihn munter weiterplaudern: „Links oder rechts?" tönte es fragend aus der Menge. Doch er wartete die Antwort gar nicht ab: „Links oder rechts? Das ist wie „gut oder böse?",, philosophierte er frei von der Leber weg, und die reife Dame und ich lachten uns verbindend an, bevor wir dann auf dem Bahnsteig für immer auseinanderstieben.

Ich bestieg den Zug „Béla Bartòk" Richtung Wien: Einen Zug mit braungelb-gestreiften hohen und länglichen Sitzgruppen.

In einer Ecke saß eine divenhafte imposante Dame aus Österreich. Reich mit Schmuck behangen, wallendem langen Haar und verquollenen dicken Beinen unter der Tischplatte.

Wieder in Ofenbach.

Am Nachmittag spazierte ich mit dem Opa ins Dorf hinab. Schon von der Ferne sah man, wie sich ein Marschmusikzug aus dem Gasthaus löste. Ein Herr feierte seinen 50. Geburtstag und wurde von einem als Chinesen verkleideten Rikschafahrer herumgefahren. Die Masse johlte in kollektivem Frohsinn auf, doch den Opa und mich nahm niemand wahr – grad so, als seien wir unsichtbar.

Ich machte dem Opa ein Kompliment in Reimform und sagte: „Du bist doch noch schnella, als die Ella!" Überhaupt erzählte ich ganz viel von Omi Ella, weil ich gedacht oder gehofft hab´, daß Senioren sich doch wohl für Artgenossen interessieren?

Rehlein packte für ihre morgige Reise, und gab mir tausend wertvolle Ratschläge zum Opasitten.

Sonntag, 12. September

wunderschön

Am Morgen genoss ich Rehleins Aura unendlich. Wir frühstückten zusammen, konnten aber die verbliebene Zeit nicht optimal nutzen, da´s halt immer so viel zu bedenken gibt. Rehlein hat einen richtigen kleinen Schatz an „Opasitt-Tips" für mich gesammelt, und alles kann man in der kurzen Zeit gar nicht verinnerlichen.

Viel zu schnell zerrann die Zeit, die einem geschenkt war, und schon mußte Rehlein auf den 8:19 Zug nach Klein-Wolkersdorf gebracht werden, und - so schmerzlich es ist, daß Rehlein sich jetzt, da ich dies niederschreibe von Sekunde zu Sekunde weiter von mir entfernt - so herzlich war unser Abschied.

Rehlein hat hier so viel geschuftet und geputzt, und doch glaub ich, wenn ich Opas Eßecke und die Küche betrachte, daß Ming die Hände über dem Kopf zusammenschlagen würde!

Im Musikzimmer liegt auf dem Glastisch ein grünes Album in das Rehlein all die Fotos und Beileidsbriefe, die für den Opa gekommen sind, einkleben möchte.

Rehlein hatte die ganze Verwandtschaft in einem Rundum-E-Mail um einen persönlichen Brief an den Opa gebeten, und die Resonanz war einfach überwältigend! Alle hatten geschrieben. Bloß schrieben alle hauptsächlich über´s Wetter.

Auf dem Glastisch lag ein kleiner enttäuschter Zettel von der Nikola, der auch mir tief in die Seele schnitt. *... bloß war es nicht nötig, uns so garstig hinauszuwerfen!*

schrieb sie enttäuscht, denn zu Beginn hatte man sich doch so wunderbar verstanden, daß Rehlein nach dem ersten gemeinsamen Abend, an dem so viel gelacht und gescherzt worden war, ganz glückstrunken geschrieben hatte, und zum Schluß stand auf dem Zettelchen im Sinne von „Auf nimmer Wiedersehen" zu lesen:

Zum Abschied noch eine Kanne Kaffee.

Viel Glück!

Nicola & boys

Ähnlich wie im Theaterstück von den drei Schwestern träumt die Nikola davon, es irgendwie nach Amerika „zu schaffen", und mit ihrem jüngsten Sohn Maikl redet sie prinzipiell nur amerikanisch.

Der Maikl ist aber noch ganz klein, und kann noch nicht viel sagen, außer seinem ewigen „No!", was ja manch einen Erwachsenen auf die Palme bringt!

Der Opa in seiner Erbosung hatte nach Art eines Gedichts unter Nikolas Zeilen geschrieben:

Seid froh, daß ich euch nur hinausgeworfen, und nicht hinausgepeitscht hab, wie Ihr es verdient hättet!

Um zwölf Uhr lief jener Film, den ich mal bedauert hatte, verpasst zu haben: „Die Gabe der Musik" über Jewgenij Kissin:

Mit einem Interesse, als wolle man ein Insekt unter einem Mikroskop betrachten, heftete ich meine Sinne und Gedanken an diesen seltsamen Pianisten, sein spinnenartig steife Gewühl in den Tasten, die geradezu übertrieben aufgestülpt wirkende Löwenmähne, die den Sonderling in einen smarten Künstlertypen verwandeln soll. Hie und da sah man ihn beim Hofgang neben seiner Lehrerin Anna Kantor einher schreiten. An ein scheues Tier erinnernd, das die Freiheit nicht gewohnt ist.

Dann aber kam der Opa mit seinem Gehuste und Gepruste, und die Fernseherei am hellichten Tage wurde mir vor mir selber unangenehm.

Rehlein hatte mir erzählt, daß der Opa dreimal, und manchmal sogar viermal am Tag spazierengeht, und in der Tat sagt der Opa öfters: „Gehöt mir ö bißelö spazierö?" Doch die sengende Hitze über Mittag machte dem Opa zu schaffen, und er war nur moribund und depressiv, und es ist ein wenig so, als säße man in der Aura eines klagenden, alles hinterfragenden alten Juden, in dessen Gegenwart jegliche Heiterkeit deplaziert wirkt.

Ich setzte mich in Opas Aura und schrieb eine halbe Stunde lang Briefe. Trotz des Gerotzes suchte ich seine Nähe.

Ich schrieb mein Abbo an die Veronika, und mein Brief an Herrn Bloser geriet leider nur zu einem faden Aufguss dessen, was ich schon oftmals in letzter Zeit in Briefen so von mir gab: Daß mein Papa sich nun auf 18 fraufreie Jahre einpendeln muß: „Pseudowitwer auf Zeit".

Nachmittags lichtet sich Opas Laune im Allgemeinen ein bißchen auf, hatte Rehlein berichtet.

Über das eine Foto aus dem Jahre 1936, das Mobbl mit ihren beiden Buben zeigt, sagte der Opa warm: „Ein entzückendes Foto!"

Man verbirgt sich brieflich gesehen hinter Albernheiten und Witzeleien.

In meiner heut´gen Stimmungslage kam es mir ein wenig aufdringlich vor, daß Herr Bloser direkt nach seiner Ankunft aus Griechenland schon wieder einen Brief von mir vorfindet, und mir schien´s ratsamer, mich rar zu machen. Doch macht man sich rar, so verkümmert man bald zu einer Peripheriebekannten.

Auf dem nächsten Spaziergang begegneten wir den Hartls, als wir soeben an Mobblns Tod herumknabberten und beide traurig waren. Die Hartls aber haben Mobblns Tod erstaunlich gut verkraftet, und der Hartl bewitzelte den Opa auf der Ebene des allgemeinen Erwachsenenaustauschs: Darüber, daß es ihm wohl gut ginge, da er ständig Damenbesuch habe?!

Im Gasthaus wurde schon wieder ein 50. Geburtstag gefeiert, und aus der Schänke wankte eine Dame mit grotesken motorischen Problemen, die sogar gestützt werden mußte.

„Danke für die Einladung! Es war sehr schön!" hörte man sie sagen, und letzteres klang ein wenig floskulös.

Abends las ich dem Opa Gedichte vor (seine eigenen). Der romantische Opa hatte einst eine Trilogie in Gedichtform über seinen Vater verfasst, von dem man „dank" dem Kriege viel zu wenig gehabt habe. Als der Vater einst Feldurlaub bekam und als Überraschungsgast nachhause kehrte, wurde er, der mittlerweile einen Vollbart trug, vom sechsjährigen Opa gar nicht erkannt, so daß der Opa ihn für einen Räuber hielt, und die Tür verbarrikadierte, um seine kleinen Geschwister zu beschützen. Erst nach geraumer Zeit kehrte Opas Mutti vom Einkauf zurück und rief durch den Türspalt: „Kinder! Ein Wunder: Euer Vater ist zurückgekehrt!"

Diese ergreifenden Geschichten gefielen mir.

Bald darauf aber wurde der Opa leider wieder altersschwermütig, und erst als ich ihm ein wenig von der altersfreudlosen Rosa Sprongl erzählt hatte, nahm er sich ein Beispiel daran, wie man nicht werden sollte, und berichtete, daß er jeden Tag mindestens einmal lache!

Montag, 13. September

Wunderschön

Am Morgen radelte ich zu „Billa".
Dem Opa legte ich einen Zettel hin:

Liebster, süßer Opa!
In 27 Minuten bin ich wieder da!

Der Opa, gestern depressiv, war heut allerdings sehr warm gestimmt. Beim Frühstück sagte er ganz oft: „Ach, Kikalein!"

Um den Opa habe ich mir schon Sorgen machen müssen: Gestern abend hatte er so gut wie nichts gegessen, und nun, da ich ihm eine Semmel gerichtet hatte, dachte ich, er wäre nur kurz hinweggehuscht, um seine Zähne zu holen, doch nach einer Weile bemerkte ich, daß sich der Opa wieder ins Bett gelegt hatte, und nur ganz leise atmete. Ich wurde sehr wehmütig, und stellte mir beklommen vor, wie ich nachher feststellen muß, daß der Opa ganz leise entschlafen sei.

Eins meiner Erbpartikel Mobblns ist, daß ich immer das Gefühl habe, jemanden unterhalten zu müssen, auch, oder grade dann, wenn z.B. ein undefinierbares Schweigen in den Lüften liegt.

Mittags hatte der Opa ein paar Briefe aus dem Postkasterl gefischt: Einen Brief Mings aus San Franzisko. Dies freute mich sehr.

Ming schrieb, daß er plötzlich ganz viel an uns denken müsse, und große Sehnsucht verspüre. Der Aufmerksame vermeinte den Zeilen zu entnehmen, daß Ming gar nicht soo begeistert von Amerika ist? Über die Linda schrieb Ming schon nicht mehr „der süßeste Schatz", sondern bloß, daß sie den ganzen Tag arbeite, und fast wegwerfend setzte er im Stile vom Opa hinzu: „Typisch amerikanische Lebensweise…"

Zur Teestunde schauten wir „Brisant".

Es wurde über einen Dreifachmord in Hann. Münden berichtet, der vor 13 Jahren geschah, und erst jetzt dank der DNA-Analyse habwegs geklärt werden konnte: Der damalige Freund der Tochter Vladimir E. konnte als Täter entlarvt werden. So diskutierten wir – allerdings auf einer gemeinsamen

Woge schwimmend – über den Fall. Der Opa erwog herum, daß es vielleicht ganz anders gewesen sein könnte, da er sich dem im Fokus der Entrüstung stehenden nun zum Zeitvertreib als Hobbyanwalt annahm: Leider weiß man viel zu wenig. Vielleicht hat die Tochter ihn nicht geheiratet, weil er trotz Alibi zum engeren Kreis der Verdächtigen zählte, und wenn sie ihn aber doch geheiratet hat, so fiele sie ja jetzt aus allen Wolken, zu hören, daß sie 13 Jahre lang mit dem Mörder ihrer Familie Tisch & Bett geteilt hat? (In diesem Satz stecken zwei Klischées. Finde sie wer kann.)

Vielleicht steckte die Tochter aber auch mit Vladimir E. unter einer Decke (schon wieder eins), oder aber die Eltern waren üble Menschen, die den Tod tausendfach verdient haben?

„Man weiß ja praktisch gaaar nichts!" betonte der Opa über und über und mutmaßte den ganzen Tag daran herum. Den Zuschauern einen Täter zu präsentieren, den man gar nicht kennt sei ja zutiefst banal – gelänge es jedoch, den Fall aufzudröseln, so wäre er interessant.

Der Opa hustete und rotzte ziemlich stark, und als es im Bad mal laut rummste, bin ich so erschrocken, weil ich gemeint habe, er sei tot umgefallen. Täglich muß ich so etwa zweimal um den Opa bangen, und Opas Exitus würde ich nicht verkraften.

Grauenhafte Wahlschlappen der SPD.

Der Opa brütete wieder gebeugt auf der Eckbank vor sich hin.

Einmal schreckte er auf und frug: „Wo ist die Mutti?" Der Opa hatte kurz gemeint, sie telefoniere.

Dann fiel dem Opa ein Gedicht ein:

Von den Zehen bis zum Nacken
will mich der Tod am Wickel packen
doch gegen diesen Packerich
kämpf noch immer wacker ich.

Darüber lachte er so entzückend.

Dienstag, 14. September

Im Bett hatte ich das Gefühl,
es sei draußen weißwölkig, doch kaum war ich wach,
schien den ganzen Tag brav die Sonne

Mittags fand ich, daß die Nudeln seltsam schmeckten, und in meinem Gehirn quollen Gedanken folgender Natur auf: Daß ich nicht gescheit in den Topf geschaut habe. Vielleicht hat jemand Pril hineingeschüttet um das Fett zu lösen?

„Und nun würde der Opa sterben, und ich habe ihn ermordet?" dachte ich unglücklich.

Spaziergang mit dem Opa:

Vor dem Rasingerschen Anwesen schimpfte eine blonde Frau auf die kleine Tamara ein. Da wurde mir tatsächlich etwas blümerant zumute, als ich sah, daß das die Martina war, die wir einst als verlegene süße kleine Fünfjährige kennengelernt haben. Diesmal bekam ich wirklich einen Heidenschrecken, wo die Jahre wohl geblieben sind?

Opas Hand war ganz warm, nur ganz gelegentlich hielt er erschöpft an, weil er doch schon so alt ist.

Einmal erzählte der Opa, daß „mei Muddr ang'rufö hätt". „N'Gruß!" sagte der Opa schwäbisch-spröd.

Rehlein hätte gefragt, wie es uns geht. „Und? Wie geht's uns?" frug ich in rührender Einfalt, so wie das kleine Töchterlein von Stephan Schmidt ihren Papa einmal frug: „Bin ich deine Tochter?"

Am Himmel zeigte sich eine ganz klarkonturierte, dünne, zunehmende Mondsichel.

Abends saß der Opa schlummernd auf der Eckbank. Ich hätte ihm so gern noch erzählt, daß Mobbl kurz vor ihrem Exitus über ihr ausrieselndes Leben gesagt hat: „Es war fast immer schön." Doch jetzt dachte ich niedergeschlagen darüber nach, daß Mobbl eigentlich ein schweres Leben gehabt, und die schönen Worte nur gemacht hat, um uns eine Freude zu bereiten.

Der Opa wurde noch müder, und schlummerte schließlich im grünen Sorgenstuhl ein. Ich mußte die ganze Zeit auf den so friedvoll vor sich Hinschlummernden schauen.

„Der schöne Opa!" murmelte ich liebevoll. Mir war traurig zumute. Ich dachte: „Irgendwann schlägt man die letzte Seite auf!"

(So wie ich grade jetzt in diesem Tagebuch.)

Dem Opa schrieb ich noch einen Zettel für Morgen früh, worauf zu lesen stand, daß ich oben sei. Doch er las ihn schon jetzt, während ich noch unten war.

Mittwoch, 15. September

Unverändert herrlich warm

Tatsächlich hat es seinen Preis, die Aura eines anderen genießen zu dürfen: Am Schlimmsten sind die Geräusche: Der Opa hustet andauernd: Zwei trocken kläffende Huster – kurzes Sekundenintervall in welchem man bereits den nächsten Huster vorausahnt, dann wieder zwei, und wieder zwei, und wieder zwei und wieder zwei, bis man eines Tages wahnsinnig geworden ist.

Am Morgen mußte ich direkt ein wenig bangen, ob der Opa heut vielleicht den Unleidlichen draufhat? Grämlich lenkte er die Rede drauf, daß Mobbl der Ilse Geo-Hefterln ausgeliehen habe, die man nie zurückbekommen habe, und daß man dringend ein grünes Netz über die ohnehin nurmehr rosinenförmigen Trauben, die keiner essen mag, spannö müscht! Kurz und gut: Die Luft war vollgesaugt mit Seniorengrämlichkeitsmolekülen.

Eigentlich weiß ich dem Opa z.Zt. nicht so viel zu erzählen. Mehr zu jenem Zwecke, um die Luft mit Gebabbl zu füllen, erzählte ich dem Opa vom Tode Omi Nowaks, doch es strengte mich an, weil ich die Geschichte doch schon in- und auswendig kenne, und der Opa vergisst sie eh!

Jeden Tag verweist der Opa von neuem auf jene rotbackigen Äpfel, die an dem in den Garten ragenden Baumesarm im verwaisten Nachbargrundstück hoch über unseren Köpfen hängen!
Rührend: Wie ein roter Faden zieht sich durch Opas Leben die Frage, ob die Kika wohl einen Apfel gegessen habe?

Beim Joggen begegnete ich dem Veterinär, Herrn Binder. Aus Versehen siezte ich ihn, doch während ich es noch tat, bedünkte es mich als unpassend.
„Ich hab vergessen, ob wir per Du, oder per Sie sind!" sagte ich. So wie ausnahmslos alle denen ich diesen Satz je aufgesagt habe meinte der Otto: „Per Du!"
Ich erzählte vom Opa, der seinem 90. Geburtstag entgegenfieberte, und wie Mobbl verliebt in den Doktor Bogad war und immer aufblühte, wenn er zu Besuch kam. Vielleicht war es ein wenig gemein, derart persönliche Dinge zu verplaudern, doch ich erzählte es ja in jenem Lichte, wie entzückend der verliebten Omi Mobbl die Verliebtheit stand!

Donnerstag, 16. September

Zunächst feuchtes Waschküchenwetter,
dann sonnig.
Abends war die Wetterlage
mit einer zarten Dunstschicht behaucht

Der süße Opa hatte bereits das Sackerl mit den Semmeln vom Gatter abgezupft, doch der müde, moribunde alte Mann hieb sich hernach gleich wieder auf´s Ohr, bevor wir noch losgefrühstückt hatten.

Ich übte auf meiner Violine, der Opa schlief, und wenn er zuweilen aufhustete, fühlte es sich an, als würde ein schlummernde Baby auflärmen und losplärren.
(Lästig für die hinzugehörige Mutti.)

In mir war der Entschluss gereift, Ming morgen einen Apfelkuchen zu backen.
Morgen feiert Ming seinen 35 ¼. Geburtstag, und wenn er nochmals so lange lebt, dann ist er bereits 70 ½ rechnete ich dem Opa vor.
„Mein Mann wird heute 70 ½ !" ruft seine Frau. (Wie das wohl klingt?)
Die Chance, jemandem zu begegnen, der heut Geburtstag hat liegt bei 1:365, und die Menschen sind immer ganz erschrocken, wenn sie hören, daß jemand Geburtstag hat. „Oh, herzlichen Glück-

wunsch!" sagen sie ganz schnell vor Schreck, so als ertappe man sie bei etwas Verbotenem.

Dann sprach ich mit dem Opa darüber, wie „erstaunlich gut", die Brigitte als enge Freundin der Eheleute, Mobblns Tod verkraftet hat.

Wahrscheinlich spricht sie kaum noch über Mobbl? Im Gegenzug dazu werden wir´s aber auch mal su-per-gut verkraften, wenn die Brigitte mal heimgeholt wird, sagte ich rachsüchtig, um dann etwas warmherziger zu Brigittes Töchterlein Uta hinüberzumodulieren, das ich so entzückend finde, und das schriftstellerisch begabt sei.

Ich selber, so erzählte ich dem Opa in munterem Tonfall, hab in der Schule immer nicht gescheit aufpassen können, weil ich heim zu meiner Schreibmaschine strebte, um loszudichten.

Daheim stak dann allerdings meist ein halbfertiger Brief Mobblns an eine ihrer Freundinnen in der Schreibmaschine. Mobbl schrieb meist aufschneiderische Dinge, so daß von einer echten Freundschaft in dem Sinne eigentlich nicht die Rede sein kann, und ich habe ihr die Briefe in ihrem Stile manchmal zuende getippt.

Der Opa dichtete: „Daß ich ständig such die Brille, ist bestimmt nicht Gottes Wille!"

Wenn wir spazieren gehen, dann führe ich den Opa immer an seiner warmen Hand, und mein Arm ist davon schon ganz verzwirbelt.

Zur Teestunde schlummerte der süße Opa wieder im Sorgenstuhl. Das liebliche Foto, welches Mobbl als bildhübsche 26-jährige zusammen mit ihren beiden Buben zeigt, steht immer auf dem Tisch, und es scheint, daß Mobbl dem Opa beim Kaffeetrinken und schlummern zuschaut. Etwas, das Mobbl sich wohl damals nicht träumen ließ, als das Bild geschossen wurde? Daß sie 63 Jahre später ständig auf ihren verwelkten Herrn Gemahl draufschaut, der hustet, prustet, und „ach Gott!" und dergleichen mehr sagt, weil er schon so alt geworden ist?

Immer noch warten wir auf ein Zeichen Mobblns. Heute hatten sich drei Kletten in Mobblns blauer Jacke verfangen. Ob man das als Zeichen deuten soll?

Abends telefonierte ich mit Rehlein, und machte uns beiden Mut, daß ich der Veronikas vielleicht ihr Auto abkaufe? Neuwertig ab dem 3. Gang, da es Veronikas Papi einst nur dazu nutzte, in den Supermarkt zu fahren, um Getränke zu kaufen.

Dem süßen Lindalein in Amerika sprach ich auf den Anrufbeantworter, ohne zu wissen, ob´s überhaupt wirklich der Ihrige sei? Munter plapperte ich, daß ich es als gutes Omen werte, daß sie nicht daheim sei. Ob der verliebte Ming sie vielleicht wieder mitbringt? (Schön wär´s!)

Freitag, 17. September

Weißdunstiges Spiegeleiwetter, wenn man sich
etwas darunter vorstellen kann

Zu früher Morgenstund´ war bereits der, wie ein
frischer Apfelschlupfer köstlich duftende Elsässer
Apfelkuchen fertig geworden, und wartete auf
unseren Jubilatoren Ming.

Eigentlich hatte ich vorgehabt, Ming am Flughafen
zu überraschen, doch dann verplauderte ich es ihm
am Telefon doch, daß ich käme, weil mich Ming
sonst während der gesamten Reise über den Wolken
„oll" gefunden hätte.

Viel zu früh, nämlich noch vor ein Uhr fuhr ich ab,
obwohl Ming erst um 15 Uhr 35 landen würde. Ich
tankte und „raste" über die Autobahn (hochnervös),
da man als Autobahnungeschulter nie so recht weiß,
ob man jetzt Gas geben, oder lieber eine
Vollbremsung machen solle, und ich fühlte mich
inmitten des ratternden Verkehrs meinem Schicksal
erbarmungslos ausgeliefert. Angestrengt versuchte
ich gradeaus zu fahren, und mich immer strengstens
an das Flughafensymbol zu halten.

Ich griff Mings Ratschlag auf und rollte ins düstre
Parkhaus. Dort war ich so fassungslos vor Freude,
„es" geschafft zu haben, daß mich der Gedanke an
die vielen einsamen Frauen, die in Parkhäusern
überfallen und z.T. sogar ermordet werden, gar nicht
mehr so recht schrecken konnte, da mir ein solcher
Tod vergleichsweise harmlos schien. (Verglichen mit

der Idee, zerdrückt in einer Blechbüchse zu enden – verschuldet durch die eig´ne Torheit!)

Noch fröher war ich dann allerdings, als ich mich endlich im Flughafeninneren befand. Ich kaufte mir die Kronenzeitung und setzte mich in den offenen Eßvollzug des „Wiener Wald´s". Ich bestellte Tee und frug die Bedienstete, ob das hier wohl die einzige Ankunftshalle sei? „Die Allereinzigste!" bestätigte die mütterliche Frau mit dem üppigen Busen. „Da kann man sich also nicht verpassen?!?" vergewisserte ich mich, und hätte so gern noch eine Bestätigung für diese Worte gehört.

Dann stand ich ganz lange vorne an der Stahlabdichtung in einen Innenhof, durch die die Eingetroffenen sich misswahlsartig der Betrachtung preisgeben – in freudiger Erwartung auf Ming! Ich wartete zirka 15 Minuten lang, und dann zeigte sich unser Held und Weltreisender mit einem warmen Lächeln im Gesicht!

Daheim rannte ich schnell ins Haus, weil ich immer furchtsam draufschau, ob der Opa wohl noch lebt? Die Tür zu Opas Zimmer war geschlossen, und das Geld, das ich ihm für sein Mittagessen im Gasthaus auf den Tisch gelegt hab, lag noch immer unangetastet herum, so daß man ein bißchen damit rechnen mußte, der arme Opa sei im Schlaf verhungert.

Gottlob entdeckte Ming den Opa, der in seiner blauen Wolljacke rübezahlartig den Kalgassenbuckel heraufgewackelt kam, und einen ganzen Sack mit Äpfeln aus dem Nachbarsgarten für mich aufgelesen hatte.

Der Opa hat den Heimkömmling Ming gar nicht gescheit begrüßt, da er als Mann vom alten Schlage mit seinen Gefühlen sehr haushaltet. Ming mußte durch Schultergeklopfe am Opa herumgrüßen, ohne daß der Opa groß darauf einging, und mir wiederum blieb es unbegreiflich, wie man sich wohl in der Rolle des spröden Vorkriegsmannes gefallen kann?!

Ming als Beau kann leider nicht mehr unbeschwert durchs Dorf laufen, da überall die Mädchen aus den Häusern rennen und ihn umgarnen!
Ich dachte mir noch aus, *wie man irgendwo klingelt und einfach sagt: „Man hat mich zu Ihrem Vormund ernannt!"*

Ich frug mich, wie die Lisa wohl reagiert, wenn man sie frägt, warum sie so schlecht gespielt habe? Ming meint, wahrscheinlich würde sie ärgerlich und etwas solcherart von sich geben: „Wer hat dich um deine Meinung gebeten?" oder: „Du muuußt nicht in meine Konzerte kommen. Kein Mensch hat dich gefragt!" Ich müsste allerdings unerbiiitlich bleiben und sagen: „Nein! Ich bin ein zahlender Kunde und habe das Recht mich zu äußern: Wenn ich im Supermarkt eine Tube Zahnpasta kaufe, und es kommt Mayonaise heraus, so darf man sich doch wohl auch beklagen? Und wenn ich mir einen Abend freinehme, mich fein mache und Beethoven hören will, und stattdessen einen nichtssagenden Klanggulasch vorgesetzt bekomme?! Was dann?"

Samstag, 18. September

Bleich. Verhangen. Abends, als es dunkel war, ging zweimal ein prasselnder Duschregen nieder

Am Morgen spürte ich meinen Körper kaum noch vor wohliger Schwäche!

In Wiener Neustadt sahen wir einen Herrn wild mit der Hand unter seiner Nase herumreiben, und ich lachte freudlos darüber. Wie viele Irre doch überall herumlaufen, und Wiener Neustadt ist im Grunde eine riesige offene Irrenanstalt.

Mit dem Optiker verstanden wir uns jedoch fantastisch.

Daheim übte ich im düsteren Musikzimmer an Ysayes 5. Sonate, doch die Arbeit machte mir keine Freude und strengte nur an. Ständig schoben sich Gedankenfetzen an die Nikola dazwischen, die der Opa so garstig hinausgeworfen hat.

Beim Mittagessen erzählte ich von Herrn van L. (Buzens unehelichem Exschwiegervater), der sein Rentnerleben keinen Tag lang ausgehalten habe. Schon am Nachmittag des ersten Tages als Rentner fiel der bedeutungsschwere Entschluss, nach Aserbaidschan auszuwandern, um den armen Kranken unentgeltlich zu helfen.

Der Opa erkundigte sich nach meiner Freundin Frieda, die ich ganz aus den Augen verloren habe, da es um ihr kahles Haus herum immer so leblos wirkt, als sei niemand daheim. Daraus schloss ich, daß die Frieda sehr fleißig sei: Es gibt so viele Taubstumme auf der Welt, die alle auch zu Wort kommen möchten, und so braucht man fleißige Gebärdendolmetscher.

Ich trank Kaffee und schmökerte in den alten Böhmert-Briefen. Unfaßbar, wie viele Ideen der Böhmert aufgegriffen hat: Er schrieb beispielsweise einen Rundbrief an die Verwandtschaft und listete alle Bücher vom Dr. Bruker auf (mit ISBN-Nummer und dem herkömmlichen Preis), und die, die er mit einem * gekennzeichnet hatte, die sollten seiner Meinung nach in keinem Haushalt fehlen. Außerdem bot er kostenlose „Shalom-Aufkleber" an, und dem Opa schrieb er, daß er, sobald er sich von seinen Fesseln befreit habe, (Arbeit bei Höchst, Ehe mit Lepa) wieder dem Werk seines Lebens widmen würde. „Du kannst sicher sein", so schrieb er, „wir beide werden noch was auf die Beine stellen"…bloß die Frage nach dem „was" zerrieselt einem ein bißchen zwischen diesen bombastischen Worten.

Der Opa war wieder anstrengend: Dauernd machte er ein Getue drum, daß eine Amsel ihm eine vertrocknete Traube stehlen wollte, und einmal schoss er sogar brutal. (Vergebens gottlob!)

„Lass sie doch, wenn´s ihr schmeckt!" rief ich wie die Nikola aus, doch der Opa verstand es nicht.

Ab und zu schürt sich der Opa selber Dampf unter dem Po, indem er sagt: „Herrgott! Neunzig muß i doch noch schaffö!" Täglich rechnet sich der Opa aus, wie lange es noch bis zum 90. dauert. Heut: noch zwei Monate und drei Tage.

„Die zwei Monate gehen ja noch!" sagte der Opa, „aber die drei Tage!" und dann lachte er so goldig.

Die Gastwirtstochter Martina schenkte mir eine schöne grammophonförmige Blume, die ich später in Opas Brillenband steckte, um den Opa zu schmücken. Dann sprachen wir über Nasenfuterale.

„Warum trägt heutzutage niemand mehr ein Nasenfuteral?" frug ich, und wir stellten uns vor, wie lustig es sei, in einen Laden zu gehen und zu sagen: „Ich hätt gerne ein Nasenfuteral!"

Am Abend war der Opa wieder müd und traurig. Oftmals sagte er: „So, jetzt geh i ins Bett!"

Es erinnerte in variierter Form an den Esslinger-Opa in Kehleins Erzählungen. Oftmals saß er schweigsam im Sorgenstuhl. Doch plötzlich erhob er sich, griff sich den gebogenen Spazierstock und lief in die Nacht hinaus.

„Jetzt geht er ins Wirtshaus!" sagte die Esslinger-Oma nicht frei von Zwischentönen.

Doch zum Abendessen saß der Opa immer noch herum.

Sonntag, 19. September

Herbstlich sonnig

Ich hatte meine Kontaktlinsen gewechselt, und nun vertrockneten die alten, nach Art einer Qualle, die ans Ufer geschwemmt worden war.

Fahrt zur Gerswind. Im Auto:

Ming spitzt immer die Ohren, wenn ich über die Linda und ihre Familie psychologisiere:

Ich erzählte, wie der Ric vom Wiedergutmachungstrieb erfüllt, warme E-Mails tippt, und herzliche Telefonate führt. Doch nur die süße Linda ist dem Familienoberhaupt hörig, so wie´s Rehlein dem Opa gegenüber ist, während dem Jennylein der Ric vielleicht nicht völlig, so doch weitestgehend wurst sei.

Zur Gerswind hat man einen ländlichen Hang obifahren müassen, und schon waren wir da. Der Fritzi war nicht zuhause. Wie alle Tage musizierte der ewig Umtriebige am Abend mit dem Geldborg-Ensemble, so daß man ihn, wie stets, nicht sah.

Seit zwei Tagen lebt die Familie nunmehr auf unbestimmte Zeit (ein Jahr?) im zugerumpelten Kellerverließ der Nachbarsfamilie.

Die Gerswind hatte ihren Töchtern soeben sahniges Kartoffelpürée mit glasierten Zwiebelstücken vorgesetzt – ein wunderbares Essen jenes Köstlichkeitsgrades, den nur eine Mutter hinbekommt, und von dem uns hernach auch angeboten wurde.

Die kleine Gesine lacht so süß und redet ganz viel, bloß undeutlich, so daß man mit dem Inhalt ihrer Worte Probleme hat, solcherart als plaudere man mit einer 92-jährigen, die bereits bessere Zeiten durchlebt hat! Ganz oft sagt sie einfach „ja!" auf eine Nachfrage, weil´s so am bequemsten ist, und nach den Sätzen sagt sie manchmal verbindend: „Weißt du?"

Die Daaje sagte einmal mit spaßigem Crescendo in der Stimme, wie ein Erwachsener oder Erziehungsberechtigter, der seinen Worten ein leicht bedrohliches Gewürz beizumengen trachtet: „Wooo ist meine Barbiepuppe?"

Nach dem Essen brachen wir zu einem kleinen Spaziergang auf. Wir verwoben uns bei diesem Gang mit einer anderen Familie, die ebenfalls einen Spaziergang absolvierte: Einer reifen Frau mit zwei Töchtern (Isabell und Patrizia), so daß wir nicht mehr unter uns waren. Diese Familie interessierte sich ebenfalls für das Bauvorhaben der neuen Freunde, und somit besuchten wir das Grundstück mit dem Rohbau.

Lebensgefährlich für die Kinder: Ein tiefes Loch, zwei Bretter die halb aus den Fenstern des oberen Stockwerks hinausragten, so daß ein Kind, das ein wenig darauf herumbalancieren will, sein blaues Wunder erlebt hätte. Eine zackige Säge stand einfach so herum – geradezu drauf harrend, jemandem die Nase einzuritzen.

Die Daaje schob ein Wägelchen mit ihrer Puppe Rosalinde, und die Gerswind war immer so nett zur kleinen Gesine und sagte: „Komm Gesine, du kleiner Schatz!"

Daheim tranken wir Ostfriesentee im Garten und aßen Zwergkekse. Die Kinder haben ganz viele Barbiepuppen, und eine hatte keine Beinkleider an, so daß man den blanken Po sah!

Ich stellte mir etwas Aufwühlendes für die Gerswind vor:

Eines Tages findet sie in Fritzis Zimmer 70 Barbiepuppen, und allen hat er die Brüste abgebissen! Ob man diese Absonderlichkeit wohl der Schandarmerie melden müsse?

Strafbar sei dies nicht, erläutert der diensthabende Beamte, berge aber wohl den Kern einer schweren, sadistischen Persönlichkeitsdeformierung, so daß der Fritzi in eine Kartei aufgenommen, und im Falle eine Falles strengstens überprüft werden würde.

Zu diesen entsetzlichen geheimen Gedanken einer nach außen hin völlig normal tickenden Dame hängten wir Erwachsenen zu dritt die Wäsche an den Wäscheständer. Ich hängte alles gewissenhaft, aber sehr langsam auf – sogar Fritzis blütenreines Unterhöschen. „Sag dem Fritzi, ich hab ihm heut sein Unterhöslein aufgehängt. Jetzt schuldet er mir Dank!" sagte ich zur Gerswind.

Nach dieser kleinen Mühe zum Wohle der anderen setzten wir uns wieder an die Teetafel auf dem Rasen mit Blick auf den Rohbau, und ich stellte mir vor, *wie dieser Anblick jetzt Jahr für Jahr immer gleich bleibt. Es heißt zwar stets: „Nächstes Jahr ziehen wir ein!" und jeden Tag kommt Schwiegervater Erwin zum Arbeiten und ißt bei denen zu Mittag. Als Lohn für seine Mühen langt er zu wie ein Scheunendrescher. Nach sechs Jahren fasst sich die Gerswind ein Herz, und frägt, was er heute wohl zu machen gedenke? Der Erwin antwortet vage und verschwommen: „I kläääid a bißl die Wound von da Südsääitn oos, und dann verleg i vielläucht an Stromkabel…"* Ich kleide ein bißchen die Wand von der Südseite aus, und verlege vielleicht ein Stromkabel *doch es schaut immer gleich aus. Die Töchter werden flügge und verlassen das Haus, ohne je in Selbiges eingezogen zu sein. Der Fritzi ist nach wie vor Abend für Abend aushäusig, und die Dame Gerswind sitzt jeden Nachmittag beim Tee im Garten, schaut auf den Rohbau drauf und hofft sehnsüchtig drauf, daß man irgendwann mal einziehen könne.*

Noch scheint es um Gerswinds Glück recht gut bestellt(?), und ich frage mich: „wo lauert der Glücksknacksvirus?"

Natürlich irgendwo, wo man ihn nicht vermutet.

Böse Menschen denen das Glück anderer ein Dorn im Auge ist spitzen darauf, daß der Fritz die Gerswind vielleicht bald wegen einer Jüngeren verlässt, doch dann kommts „gounz ounders": Schwiegervater Erwin fällt während der Bau-

arbeiten einfach von der Leiter: Herzinfarkt, Exitus…und wer soll nun das Häusle weiterbauen??

Ming & ich fuhren heim, und die Gerswind machte keinerlei Anstalten, uns zu halten. Wir umarmten einander eher kameradschaftlich. Knapp und rustikal statt liebevoll innig, und fuhren ab.

Es war so schön sonnig geworden, und ich schickte mich an, einen Kuchen zu backen, für den Ming so rührend die Äpfel geschält hatte, und der bald darauf im Backofen vor sich hinbräunte.

Auch der Opa freute sich auf den Kuchen.

Wenn der Opa etwas jünger und aufmerksamer wäre, dann würde er merken, daß ich eigentlich nur noch mit meinen Tagebüchern beschäftigt bin, aber er ist alt und müde, und saß nur so hinter mir auf der kleinen Terrasse und schlummerte, während ich mich mitten in seine Aura hineingesetzt hatte. (Dichtend auf den Kuchen wartend.)

Am Abend sandte ich den Opa zum Milchholen und lief ihm nach einer viertel Stunde, als es schon fast dunkel war, entgegen. Der alte Opa war sehr erschöpft von dem Gang, und der leicht zunehmende Mond schaute auf eine matte Art auf uns drauf. Einmal sagte der Opa gar: „Das war jetzt mein letzter Gang!" Das schnitt mir ins Herz, und so, als könne er Gedanken lesen, fügte der Opa rasch hinzu: „Das hab ich zur Frau Breitsching schon oft gesagt, und bin doch immer wieder gekommen!"

Abends telefonierten wir mit der Insa. Die Insa gestand uns, daß sie einen neuen Freund habe, doch sie sei bislang nicht glücklich mit ihm geworden.

„Wie heißt er?" frug ich wunderfitzig.

„Du bist aber neugierig!" lachte die Insa, und nannte einen indischen Namen der in meinem Kopf augenblicklich zu Staub zerfiel. Ob er wohl immer im Lotussitz über der Erde schwebe? fragte ich nach Art einer weltfernen Seniorin.

Montag, 20. September

Morgens sonnig. Ein warmer Zefirwind.
Nachmittags weißwölkig

Traum:

Ich lebte allein in irgendeiner Stadt und mein Energiepegel war dermaßen niedriggestellt, daß ich nichts tun konnte.

Einmal fuhr ich im Bus, und stieg grad rechtzeitig noch an der letzten Häuserzeile des Ortes aus, bevor´s dann durch einsame Felder endlos weitergegangen wäre. Allein durch meine Anwesenheit hatte sich eine derartige Unordnung im Bus gebildet: Überall lagen Papiere und Zeitungsblätter verstreut. Dennoch verabschiedete ich mich sehr nett, fast freundschaftlich vom Busfahrer, obwohl ich so viel Unrat in seinem Bus liegenließ.

Dann war ich wieder daheim in meiner unordentlichen Wohnung und dachte stressgepeinigt: „Ich müsste mir ein Mittagessen kochen!" Bloß fehlte mir die Energie. Auf dem Tee, den ich mir mit Müh´ gebrüht hatte, sah ich einen kleinen Schimmelfleck tänzeln...

Am Morgen dachte der Opa sich eine kniffelige Frage für mich aus: Was ist der Unterschied zwischen einem Spion und einem Philosophen? Der Spion ist ein Kundschafter, und ein Philosoph ein Kantschufter. Hahaha!

Ich schrieb der Katharina sehr nett zu ihrem Geburtstag, und erzählte von Mobblns jähem Tod, der die Familie wie Schnee im Sommer überrascht hat. Und daß wir immer drauf gewartet hätten, daß wir wieder lustig würden, und uns an ein omifreies Dasein gewöhnen, so wie andere Menschen auch. Doch nichts dergleichen geschah. An allen Ecken und Enden scheint uns die Lücke anzublecken, die die Omi hinterlassen hat, und man glaubt kaum, was eine alte Dame, die in ihren letzten Jahren hauptsächlich im Sorgenstuhle vor dem Bildschirm saß und strickte, für eine mobile Lücke hinterlassen kann!

Am Nachmittag stattete uns der Dichter Erich Sedlak einen überraschenden Besuch ab. Es handelt sich um einen fast manischen und sehr persönlichen Herrn, der Leben in unser Heim brachte, auch wenn der Opa wahrscheinlich kein Wort verstand, was so geplaudert wurde?

Der Opa wollte dem Sedlak eine Widmung in den „Zyklus der Jahreszeiten" schreiben, und frug ganz oft: „Ach, hasch dös no net g´lesö?" (Da er nämlich mit dem Sedlak von Dichter zu Dichter per Du ist.)

Der Sedlak berichtete uns von seinem neuen Roman „Phantomschmerz": Er handelt von seinem Vater, der als 53-jähriger an Leukämie starb, und eine Lücke hinterließ, die niemals geschlossen werden kann.

Am Nachmittag fuhren Ming und ich nach Wiener Neustadt um ein Kostüm für meine Bewerbung in Kassel zu besorgen. Ich machte Ming sehr überzeugend vor, wie ich eine österreichische, eine russische und schließlich sogar eine schwäbische Bewerberin spielen kann. Als ich die Russin parodierte, sagte Ming, der wiederum den Part des Vorsitzenden übernommen hatte: „Frau oder Fräulein!" „Sie köönen sagen wie woolln!" sagte ich mit nettem und festen Ostakzent, und Ming lachte gutmütig.

Beim Abendessen war Ming einsilbig, bzw. sogar nullsilbig, indem er sogar gar nichts sagte. „Ming, sag was!" rief ich einmal aus, doch Ming reagierte eher unwirsch auf meine Worte.

Dreierlei passierte heut: Raissa Gorbatschow starb in Münster – ebenso Willi Millowitsch (90) und in Taiwan hat´s ein schweres Erdbeben gegeben.

Daß die Raissa gestorben ist, ist für uns wiederum, so grausam es klingt, ein wenig tröstlich, da man sieht, daß auch Andere gehen müssen, und Mobbl Gesellschaft bekommt. Die Liste derer, die ihr nachfolgen, wird immer länger.

Am Abend erzählte ich Ming noch die Geschichte von Buzens Vater, die ich mir ausgedacht hab:

Wie Buz einen Brief von der Justizvollzugsanstalt Hamburg-Fuhlsbüttel bekommt, in welchem in dürren, beamtlichen Worten zu lesen steht, daß er seinen totgeglaubten alten Vater nunmehr zu sich nehmen könne, da der alte Mann begnadigt worden ist.

Dann sitzt ein überraschend rüstiger 94-jähriger bei uns herum, der sich jeden Abend betrinkt, und Dinge sagt wie: „ So schnell werdet ihr mich nicht los, haha! Ich habe beileibe nicht vor, in den nächsten Jahren abzutreten!" und dann gibt er politische Meinungen von sich, die man heutzutage nicht mehr gutheißen kann...

Dienstag, 21. September

Grünlich-trübe bewölkt. Regen. Am Nachmittag ein leichter Goldschimmer, dann sogar Duschregen

Auf die Frage nach meinen Großeltern könnte ich jetzt antworten: „Ich habe zwei Omis: Omi Friedhof und Omi Schlaganfall."

Im Dorf traf ich meine Freundin Frieda. Die Frieda trägt das Haar - eine aufgeschäumte Röllchfrisur - mittlerweile schon ein bißchen orangegetönt aufbereitet, und wir sprachen über ihre Silberhochzeit am 18. 5. 2010. Sollte der Opa bis dahin noch leben, so wäre er bereits hundert Jahre alt.

Heut Mittag um 13 Uhr, als sich der Opa Erdbebengeschichten aus Taiwan anschaute, kam der Dr. Bogad zu Besuch. Der Doktor ist philosophisch-nachdenklich geworden und äußerte sich dahingehend, daß er sich Sorgen um die Entwicklung in unserem Lande mache: Neid, Mißgunst, Fremdenhass….ich schenkte dem Doktor ein Foto von Opa & Mobbln, und freute mich, daß er es gerne genommen hat.

Ich dachte an meine Kasseler-Bewerbung, und parodierte Ming vor, wie sie vielleicht überraschend doof wird? Der kühle Chef reicht mir fahrig die Hand und sagt Dinge wie: „Sie können mir glauben: Mich kotzen diese ewigen Bewerbungsgespräche genauso an wie Sie!" und dann imitierte ich noch, wie man ihn zunächst mit seiner Geliebten und dann mit seiner Ehefrau telefonieren hört: „Ja…ja…ja…ja…ja……ja…"
Und dann dachte ich mir auch noch einen Alptraum für einen Vorunterrichtenden aus: Eine Sechsjährige spielt Vivaldis a-moll Konzert geradezu atemberaubend. Nur gleich am Anfang hat sie ein

Notenknäuel rhythmisch falsch einstudiert, und jetzt unterrichtet man und unterrichtet, aber die Stelle verändert sich nicht, und hinterher beim Kolloquium sagen die „Kolleeeegen":

„Sie haben sich vielleicht zu sehr auf diese eine Stelle verbissen?"

Mittwoch, 22. September
Ofenbach - Nürnberg

Zwar feucht genieselt,
aber am Morgen wunderschön.
Im Laufe des Tages
zogen Wolkenäcker über den Himmel

Um zwölf Uhr fuhr mich Ming mit dem leichtesten Gepäck seit Jahren nach Wiener Neustadt, und der Abschied vom Opa war so warm und herzlich gewesen.

Im Auto verstanden Ming & ich uns top:

Ich sprach davon, daß ich gerne putzen gehen würde, um Ming seine Cellostunden zu finanzieren, und damit er Dorli oder Herwig nicht beleidigt, nimmt er ab sofort Mittwochs Cellostunde beim Herwig, und Donnerstags bei der Dorli.

Ming ist ein wenig traurig, weil er keine Arbeit hat, und viele würden ihn so ansehen, als wenn er vielleicht von Opas Brösel lebe?

Wie alle Tage brachte mich der süße Ming auf Bahnsteig 4, und von meinem Abteilfenster heraus schrieb ich Ming in Zeichensprache: „Siehst du mich überhaupt?" „Ja" schrieb Ming. "Aha!" schrieb ich zurück und fand Gefallen an dem Spiel, „ha, sagsch doch glei!" (schrieb ich noch. Doch da bewegte sich der Zug bereits hinweg)

Ming am Telefon erzählte, daß es dem Opa nicht so gut ginge, und man das Passedan suche (das Antidepressivum).

In der Operncafeteria in Nürnberg las ich ein *Stern*-Interview mit Boris Becker. Der Boris erzählte, daß die vier Tage zwischen Tod und Beerdigung seines Vaters die vier schlimmsten in seinem Leben gewesen seien.

Abends bei der Veronika:

Rehlein & Buz riefen an, und ich erfuhr, daß der Opa Ming auf den Wecker gehen würde, und das Passedan wiederum sei nicht gefunden worden.

So rief ich Ming an. Ming erzählte so nett, er würde dem Opa jetzt einen Pudding kochen, und vielleicht würde dies den Opa ein wenig aufheitern?

Donnerstag, 23. September
Nürnberg – Kassel - Nürnberg

Wunderbar sommerlich und schön.
Am Morgen allerdings noch ein wenig feucht mit
dahinfahrendem Wolkenzug

Am Morgen plapperte ich fast augenblicklich, nach Art eines kleinen Töchterleins auf die gutmütige Veronika ein. Ich erzählte, wie die Omi oft streng und belehrend zu mir sei, und imitierte leicht übertrieben, wie sie sich neulich am Telefon hineinversteift habe, daß der Vorstellungstermin erst am 24. sei, obwohl ich doch die Einladung vor mir hatte! „Schau doch mal GENAU hin, Mädchen!" rief die Omi durch die Hörmuschel aufdringlich.

Dann erzählte ich noch, wie Ming mal zum Opa gesagt habe: „Du bist reif für die Scholle!" Darüber schmunzelte der Opa, da dies leider stimmt.

Wir fuhren mit der Straßenbahn.

Im Straßenbahninneren quasselte ich die ganze Zeit über meine Bewerbung, und wie der Direktor vielleicht sagt: „Unsere Schüler sind dumm und faul." „Ausnahmslos?" „Ausnahmslos."

Wie alle Tage brachte mich die rührende Veronika auf die Bahnplattform, und wie _fast_ alle Tage wurde sie im düsteren Gang beim Fahrplanstudieren von einem Kollegen mit ausgebreiteten Armen und einem doppelten Wangenkuß kollegial begrüßt! Die Veronika gab aber nur ein zartes Lippengeräusch von sich, und erwiderte den inflationären Doppelkuss nicht wirklich. Ich hab genau aufgepasst.

Im *Stern* las ich über den jähen Leukämie-Tod von Raissa G.. Schmerzen in Rücken und Knie erwiesen sich in diesem Fall als Vorboten des Todes.

Auf einem Tischchen im Möwenpick stand ein kleiner Zettel, auf dem wir Kunden unsere Meinung kundtun durften. Fast alles dort ist gut bis sehr gut, und bloß der Musik, die matschig und unauffällig im Hintergrund zu vernehmen war, erteilte ich ein ungenügend.

In der Unterführung jammerte mich ein Bettler und Trunkenbold an: „Habense nich ein paar Groschen für mich und meinen Hund?" Zuerst wollte ich an ihm vorbeilaufen, doch dann wäre ich mir in meinem schönen roten Kostüm und den Stöckelschuhen zu snobistisch erschienen, und so schenkte ich ihm eine Mark für sich, und eine für seinen Hund.

Im Konservatorium Kassel:

Ich freundete mich ein wenig mit dem dünnen, knabenhaften Herrn Heutling an.

Ich erfuhr, daß Herr Heutling schon 42 Jahre alt ist, und ich hatte ihn auf 27 geschätzt! D.h. ich schätzte ihn sogar mit Fleiß etwas älter als er mir wirklich schien, denn für mein Auge schaut er aus wie ein Pennäler der 12. Klasse, und vielleicht leidet er ja darunter, von allen für eine unreife handvoll Bürschl gehalten, und womöglich einfach geduzt zu werden?

Dann holte mich Herr Uhlenbrock, ein biederer, dicker Mann zum Vorstellungsgespräch ab, und mir wurde heiß vor Schreck, als ich sah, wie viele Menschen am Tisch auf mich warteten! Diesmal saß gottlob keine reife Frau dabei, die mir von der ersten Sekunde an unwohl gesonnen ist, und nur ein grämlicher Ungar mit saurer Miene, links von mir, nach Art eines formlosen Kuhfladens in den Sitz förmlich hineingeschissen, Typus des politischen Experten, war mir zuwider. Einmal bat mich der Pädagogikprofessor zu meiner Rechten etwas verschwommen um Ideen zum pädagogischen Aufbau, und ich faselte drauf los, daß man an der Basis sehr genau sein müsse. Daheim bei uns läge eine achtbändige Violinschule von Leopold Auer, mit der man, unter präziser pädagogischer Anleitung, wie ich sie bei meinem geliebten Vater genossen habe, den langen, oft hürdeligen Weg von der musikalischen Null bis zur absoluten Weltspitze beschreiten könne!

Hinterher hatte ich ein nettes, normales Gefühl!

Natürlich muß man erst zum Vorspiel und Unterrichten geladen werden. Na, mal schaun!

In den frühen Abendstunden fuhr ich nach Nürnberg zurück.

Ich schaute mir die atemberaubenden, rotgetönten, mit flüssigem Gold durchsetzten Wolkengebilde der

Dämmerung an, während der Zug mich behende durch die Landschaft zog.

Plötzlich sah man Mobblns Kopf, riesengroß, mit flammender, sich in der Unendlichkeit verlierenden Haarmähne und spitzem Näschen, als Wolkengebilde!

Ich holte die Veronika von der Oper ab, und im Straßenbahninneren „bestaunten" wir einen Jüngling mit einer giftblauen Deckelfrisur, auf kahlgeschorenem Untergrund, der inmitten seiner Klicke den Eindruck erweckte, nur Scheiß im Hirn mit sich herumzutragen. Fast genußvoll malte ich der Veronika aus, wie plötzlich sein Vater herbeikommt, ihm vor den Spezis dran links und rechts eine watscht, und ihn mit nach Hause schleift.

Dann wiederum dachten wir uns aus, wie die Veronika sich genau diese Frisur richten lässt, in dieser Aufmachung zum Dienst erscheint, und wie plötzlich alle auf sie draufschaun.

Rehlein & Buz am Telefon waren im Duett entsetzt, als sie hörten, daß diese angestrebte Stelle 27 x 45 Minuten pro Woche beinhaltet. Plötzlich war es ihnen gar nicht mehr so recht, daß ich diese Stelle womöglich bekomme?

Beim Rottee sprach ich mit der Veronika noch darüber, wie arbeitsam diese Stelle wohl sei? Doch ich muß es ja tun, wenn ich später nicht vor der Verlegenheit stehen möchte, Herrn Heike heiraten zu müssen.

Herr Heike, so ich, habe den weiteren Verlauf des Lebens nämlich sehr sorgsam geplant: Wenn seine Brigitte gestorben ist, dann wartet er diskret das Trauerjahr ab, um mir dann einen formellen Heiratsantrag zu schicken. Bis dahin bin ich 40 Jahre alt, und Buz redet auf mich ein: „Sei bitte nicht töricht, Kind!" sagt er und „der lebt auch nicht ewig!" und wie Herr Heike dann immer „mein Schätzelchen" zu mir sagt, so wie der Dr. Dressler aus der Lindenstraße einst zum „Tanja-Kind." (Ein leicht fürzelnd klingender Ausdruck, wie ich finde.)

Freitag, 24. September
Nürnberg - Ofenbach

Schöner Sonnenschein mit
sommerlichen Wolkenmustern

Zum Frühstück erzählte ich von der Mireille:
Daß die Mireille mich jetzt nicht mehr vom Bahnhof abhole, da das Energieflämmchen in ihrem Inneren so herabgeschraubt ist, daß es eigentlich kaum noch glimmt! Fast romanhaft bereitete ich kontrapunktierend dazu die Legende vom Pfarrer Auersberger aus: Dem Pfarrer tut es leid, daß er „dank" der Kirche heute keine Ehefrau und auch keine so netten Töchter wie der Herr Himstedt hat, und wie er sich jetzt mit 60 Jahren in die gekrümmte aber gleichsam hübsche Mireille verliebt habe.

Reise im Zug:

An meinem neuen Roman „Tief wie der Ozean"
stresste es mich ein wenig, daß soo viele Namen
vorkommen, die man sich merken muß, auch wenn
sich hinter den vereinzelten Figuren womöglich nur
irgendwelche amerikanische Barbiepuppenvarianten
verbergen?

Im Westbahnhof konnte ich einer reifen, scheuen
Blondine aus München ein bißchen dienlich sein,
indem ich ihr den Weg zur U6 wies. Die Dame war
nach Österreich gereist, um zu meditieren und zu
fasten, und freute sich schon auf diese spirituelle
Erfahrung.

Ich stellte mir den Wecker immer 30 Minuten vor,
bloß um zu schauen, wie weit ich´s nach dieser
Zeitspanne auf meinem Wege zum Opa wohl schon
gebracht hab?

Kurz vor vier wurde ich in Klein Wolkersdorf an
Land gespült, und beschloß, den weiten Fußmarsch
mit dem sperrigen Gepäck „im Sturm" zu nehmen.
Die Dorfatmosphäre bezauberte mich, und in jener
Straße, wo der Dorfschullehrer Radax lebt, hielt
Frau Maria Gruber in ihrem roten Auto und nahm
mich mit!

Der Opa wackelte mir im Garten entgegen und
machte einen sehr netten und erfreuten Eindruck.
Ich in meinem roten Kleide müffelte leicht und
freute mich auch. Allerdings hab ich mich in der

Wohnung ein bißchen geärgert, wie häßlich und unordentlich es schon wieder war! Dann aber plapperte ich Vergnüglichkeiten an den Opa hin: Wie´s wohl gewesen wäre, wenn er sich damals bei Rehleins Eheschließung in seiner Brautvaterrede in Variationen darüber verloren hätte, was Buz wohl für ein einfacher Mensch sei?

Nach einer Weile besuchte uns die Irene, welcher der Opa auf den Anrufbeantworter gesprochen und erzählt hatte, daß er einsam und konfus sei. Doch jetzt war der Opa wieder lustig: Seine Äuglein blitzten vergnügt, und seine eigenen Worte auf Irenes Anrufbeantworter waren ihm bereits entfallen. Ich erzählte der Irene, daß ich mich ein wenig gefühlt habe, wie eine Mutti, die ihr Baby zwei Tage lang allein in der Wiege gelassen hat, um ungestört zu feiern, und hernach von klammen Gefühlen der Reu benagt wird, und es kaum wagt in das Wiegeninnere zu blicken.

Ich lief dem milchholenden Opa entgegen. Doch der Opa war viel schneller als sonst, und man sah ihn bereits am Fuße der Kalgasse leuchten. Kinder hatten den Kalgassenbuckel mit lustigen Bildern bemalt, so daß man an seine eigene Kindheit erinnert wurde, als das Leben noch ein buntes Abenteuer war. Der Opa erinnerte sich, daß er als Kind auch gerne „Himmel und Hölle" gespielt habe, und die rosa beleuchteten Wolkenkissen am Horizont waren so schön.

Abends besuchten uns Brigitte und Uta, und ich begrüßte beide Damen mit einer dicken Umarmung.

Die kleine Uta hat die ganze Zeit den Flohwalzer geklimpert, während Mutti Brigitte bei uns am nur spärlich beleuchteten Tische saß. Ich unterhielt die Brigitte, während der Opa vor sich hindichtete, und auf die Nachrichten wartete.

„Der Opa ist ganz wild auf Katastrophen: Erdbeben, Taifune…" erläuterte ich der Brigitte, „davon kann er gar nicht genug bekommen!"

„Und Attentate!" bestätigte der Opa und stak mit einem Beine schon ganz im Geschehen, das gleich über den Bildschirm flimmern würde.

Doch dann war´s bloß politischer Gschnas, und wir schalteten ab.

Wir erfuhren, daß es die Brigitte mit keiner Sorte von Mann aushält. Ist er ihr überlegen, so mag sie es nicht, und ist er ihr unterlegen, so geht er ihr nach kürzester Zeit auf den Wecker! Und ist er genau auf dem gleichen geistigen Stand wie sie, so langweilt sie sich mit ihm.

In zwei Wochen reist die Brigitte nach Libyen!

Samstag, 25. September

Zauberisch und zärtlich,
doch Mittags war die Sonne kurz hinweggeblendet.
Wo war sie?

Wieder dachte ich an Mobbl, und schaute auf den grünen Sorgenstuhl, der jetzt leer steht. Manchmal denke ich mir die Mobbl hinein, und zuweilen setze ich mich auch selber auf Mobblns Platz. Wir sind sehr stolz auf den schönen grünen Sessel, doch liebend gern würden wir ihn zum Sperrmüll tragen, wenn wir Mobbl dafür wiederbekämen.

Uns geht´s somit wie dem Gorbatschow:

Zirka zwei Millionen Beileidsbriefe und Telegramme hat er bekommen, und doch würde er die alle liebend gern zum Altpapier tragen, wenn er dafür seine geliebte Frau wieder hätte!

Zum Frühstück holte ich mir einen Aktenordner mit alten Briefen herbei, und beschmökerte einen historischen Brief vom Rainerbuben. Geschrieben vor zirka 26 Jahren, bevor wir nach Japan ausgewandert sind.

In hündchenhafter Arroganz schrieb der Rainer, daß es eine „recht peinliche, und unerquickliche Angelegenheit" gewesen sei, von der Antje überraschend am Flughafen abgeholt worden zu sein, da doch die Sharyn erstmalig dabei war, und es sicherlich als kränkend empfunden habe, von der Exe ihres Mannes abgeholt zu werden.

Um ihren Sohn wieder etwas in ihre Nähe zu lotsen, hatten Opa und Mobbl geschrieben, daß Lehrer in Deutschland doch wesentlich begehrter seien als in Kanada, doch der Rainer schrieb auf so eine quälende Weise, die mir immer wieder vor Augen führt, daß es doch besser sei, keine Kinder zu haben, da ich mich über so etwas unglaublich ärgern würde: „Sharyn und ich denken nicht im Traum daran, nach Europa zurückzuziehen". Der rainer sah sich somit nurmehr als Hälfte einer ehelichen Einheit.

Besser wäre, er hätte geschrieben: „Glaubt mir, ich würde ein Königreich dafür geben, wieder in Eurer Nähe zu leben, doch Sharyn bockt, und Ihr wisst ja, wie die Frauen sind!"

Dann kamen zwar noch Floskeln wie „einen Extra-Gruß an den Vater!" was immer man darunter verstehen soll – und dann war die Seite auch schon vollgeschrieben, und man hatte erstmal wieder ein paar Wochen seine Ruh´ vor der Sohnespflicht.

Tatsächlich hatte man sich mit dem Rainer im Laufe der Jahre auseinandergelebt. Er kam nur alle Jubeljahre mal kurz auf Besuch: Mobbl deckte den Abendtisch und sagte: „Da ist Butter!" „Da ist Wurst!" und einmal legte der Rainer einen Arm um Opas Schulterblatt und sagte mit kanadischem Akzent: „Alter Knabe!" und man muße sich eingestehen, daß das nicht mehr der alte Rainerbube war.

Doch dann schöpfte ich frischen Mut aus der Idee, daß man sich so, wie man sich auseinanderleben

kann, doch wohl auch wieder aneinanderleben
könne?

Ich dachte wieder über eines meiner Themen nach:
Verschwundene! Was macht man eigentlich
tatsächlich, wenn jemand verschwindet, und man im
Rest des Lebens nicht erfährt, was aus ihm geworden
ist? Was z.B. tun, wenn Ming jetzt aus Usedom nie
wiederkehrt? Er ruft noch einmal an, daß er gut
angekommen sei – im Hotels wäre es schön, - doch
dann hören wir nie wieder etwas von ihm?
Dann dachte ich über die Arbeit in Kassel nach:
27 x 45 Minuten! Ich beschloss, meine Überrei
probehalber ein bißchen als Arbeitszeit anzusehen,
und mir sogar die Schüler dazu vorzustellen, und
stellte mir die Schüler auch schon dazu vor.
Im Fernsehen wurde heute praktisch stündlich von
der Beisetzung von Willi Millowitsch („ich bin´n
kölsche Jung!") berichtet.

Am Abend kam die Guinness-Show der Rekorde,
und ich hoffte, daß der Opa sich vielleicht ein wenig
dafür interessiert? In der Tat schlurfte der alte Mann
zum Bildschirm hin….man sah Dieter Bohlens Ex
„Naddel", die mit ihrer dunkel getönten Haut als
Exotik-, oder gar Erotik-Wunder gefeiert wird.
Allerdings hat sie einen leicht schiefen Mund, und
ich finde sie nicht soo hübsch. Drum hat der Dieter
ja wahrscheinlich auch Schluß gemacht? Sie war
allerdings ganz gut drauf, und der Moderator hatte
sie gar als „besondere Freundin" des Bundeskanzlers

bezeichnet. (Ironisierend.) Die Naddel erzählte locker, wie sie der Doris einen netten Brief geschrieben, allerdings noch keine Antwort erhalten habe.

„Vielleicht macht sie das nächste Woche", meinte sie überlegen. Dann hörten wir die 12-jährige Geigerin Maria-Elisabeth Lott mit einem Schmankerl von Mozart. Sie sah süß aus, und bewegte sich anmutig zu den Klängen der Musik. Zum Schluß spielte sie noch auf Mozarts Kindergeige die ersten beiden Zeilen vom G-Dur Konzert.

Sonntag, 26. September

Diesig bewölkt

Traum:
Ich weiß nur noch, daß die Mireille im Traume an der Grippe gestorben ist. „Na, wenigstens an nichts Ernstlichem!" war man versucht auszurufen.

Der Opa ist am Morgen schon wach gewesen, und aus dem Televisor dröhnte mir überraschend eine Kultursendung entgegen, so daß man hätte meinen können, die Omi Mobbl sei wieder da.

Mein Roman „Tief wie der Ozean" strengte mich sehr an, so daß ich doch lieber wieder zur alten Familienpost griff. (Ein Hobby von mir.)

Opa & Mobbl haben für ihre fünf Küken je eine Mappe angelegt, und wenn jemand eine Woche lang nichts von sich hören ließ, schrieb der Opa gleich mit „zeigefingerwedelndem Unterton". Sogar jene Briefe, die die Antje an den Friedel in der Vakanz geschrieben hatte, waren sorgsam abgeheftet. Die Antje schrieb mütterlich warme, in leicht mahnendem Tonfall gehaltene Briefe an ihren kühlen, schwierigen „Herrn Sohn", der sich mit dem Lernen schwertat, so daß die ganze Frische der Jugendzeit davon bewölkt wurde: Vergleichbar einem frisch durchgelüfteten Zimmer, in das jemand einen Furz lässt.

Der Opa schnürte für den einen Breitsching-Sohn, der gestern geheiratet hat, ein Päckchen zusammen: Zwei seiner Büchlein: „Und ewig währt die romantische Liebe" und den „Zyklus der Jahreszeiten".
Der süße Opa schrieb je eine Widmung hinein, und ich hab das Ganze so schön ich konnte verpackt, bloß klebte Mings Klebstreifen von beiden Seiten, so daß meine Finger dann auch noch an dem Geschenk klebten, nachdem's gut zugeklebt war.

Der Opa hatte schon am Vormittag gesagt: „I geh ö bisselö spazierö!" und doch übte ich weiter. Dabei spürte ich allerdings Rehleins Ängste, daß der Opa vielleicht gleich tot umfällt, wenn man seine Worte nicht wörtlich genug nimmt bzw. daß er einen

Bewegungsmangel hat, wenn man nicht *sofort* mit ihm losspaziert?

Mittags liefen Opa & ich in stickiger, nicht sonderlich erhebender Wetterlage zum Gasthaus Thurner. Ich repetierte eine Geschichte, die ich beim Frühstück erfunden hatte und lachte dazu: Wie wir auf Opas Parte schreiben: „Erschlagen vom Postboten im Streit um eine Briefmarke". (Bloß, daß man als Partenempfänger denken möge, der Onkel wäre von alleine noch älter geworden.)

Dann sahen wir, wie sich die Familie Hartl etwas dröge den Hang heraufwälzte. Ich wurde ganz nett und rief verbindend von Frau zu Frau zu Frau Hartl hinüber: „Ihr houbts uns eh gläi eing´holt!" Frau Hartl lachte freundlich und setzte gerade zu einer verbindenen Antwort an, doch da ist ihr von hinten der Erik mit dem Radl hineingerempelt, und Frau Hartl barschte wenig scharmvoll auf – ähnelnd der Tante Debbi, als sie am 29.9.87 ihr kleines Töchterlein so barsch anfuhr, als es ihr die Pfeilspitze vom Pfeil & Bogenspiel ans Auge gehauen hatte.

(Festgehalten für die Ewigkeit auf einem Videoklip Döleins, vom sechsten Geburtstag seines Söhnchens.)

Der süße, leicht pummelige Erik fuhr verlegen mit eingezogenem Schwanze an seiner aufzeterndn Mutti vorbei.

Eigentlich hätte man sich etwas besser in die Dorfgemeinschaft einfügen können, dachte ich. Wenn wir bloß etwas simplere Gemüter wären - nach Ute M.: „Man muß die Feste feiern wie sie fallen!" Und theoretisch könnten die Herren am Stammtisch doch auch Worte machen wie diese hier: „Nachhad kommt der Pannonius! Dös is a Stimmungskanone!"

Montag, 27. September

Trübe bedeckt. Abends reizvoll „radierter" Himmel

Der Opa erzählte, wie er als 17-jähriger an einer zukunftsweisenden Weggabelung stand: Entweder nach Spanien, oder nach Rußland zu den Wolgadeutschen? Das war praktisch eine Weichen-stellung in Opas Leben: Hätte er sich für Letzteres entschieden, so wäre er, seinem damaligen Erblütheitszustand zur Huld vielleicht am aus-ladenden Busen irgendeiner Schönen kleben geblieben, und erst jetzt im Zuge des rostig und brüchig gewordenen eisernen Vorhangs in die „Bunzrepublik" zurückgespült worden? Und wir wären jetzt alle Rußlanddeutsche?

Am Vormittag besuchten Opa & ich die Breitschings. Nur Frau Breitsching war daheim und bat uns in die kahle, christliche Küche. Auf einem kleinen Zettelchen konnte man lesen, daß den

Eheleuten vor fünf Tagen ein Kalb geboren wurde. „Männl." stand da lapidar zu lesen, und Zeit & Muße sich einen passenden Namen für das Kalberl zu überlegen, haben die fleißigen Bauersleut´ noch nicht gefunden.

„Wie wär´s mit „Kurt"?" scherzte ich und schaute dabei den süßen Opa an.

„Herzlichen Dank auch im Namen von die Brautleit!" sagte Mutti Breitsching etwas unbeholfen, und „hoffentlich klappen die´s auch auf" sagte wiederum ich auf dem Heimweg durch die windzerblasene Gräue über die beiden kostbaren Gedichtbändchen, denn ob jemand, der nicht einmal Zeit findet sich einen passenden Namen für ein kleines Kälbchen auszudenken, Zeit hat Gedichte zu lesen?

Ich nahm den Opa an seiner warmen Hand und plapperte auf ihn ein: Ob es für die Gerichte schon mal den Fall gab, daß sich Kinder und Schwiegerkinder um das Sorgerecht für den Opa stritten? Im Grunde ist der Opa ja ein freier Mann und könnte jederzeit nach Amerika reisen. Wie, bzw. ob´s die Bea wohl freut, wenn ich ihr auf den Anrufbeantworter spreche: „Der Opa kommt um 16:32 in Seattle an. Bitte holt ihn ab!" Mich freute es so, dem süßen Opa ein Süppchen gekocht zu haben, daß ich mir sogar überlegte, ein Lokal für Zahnlose zu eröffnen, (eine Marktlücke) wo´s nur Suppen und Brei gibt.

Ich erzählte dem Opa, wie ich im vergangenen Dezember noch mit Mobbln musiziert habe, und wie ich mir dazu ausgemalt habe, wie Mobbls längst verstorbener Bruder Paul sich wohl wunderte, wenn er jetzt durch´s Fenster blicken würde und sähe, wie alt seine Schwester geworden ist! Ob die Verstorbenen wohl zuweilen zum Fenster hereinschauen – z.B. in Form einer schwarzen Amsel?

Wie das so ist im Spiel der Ewigkeit:

Eines Tages schaut jemand durch´s Fenster und sieht auch mich als uraltes Mütterlein so dasitzen.

Ming kehrte zurück und begrüßte den rübezahlartig in der Eckbank zusammengesunken dasitzenden Opa so nett mit einer dicken Umarmung, und der Opa umarmte sogar leicht zurück.

Immer wieder, so auch heute, kommt ein Briefkuvert – angefüllt mit einigen Fotos und einem kleinen Zettel von Onkel Dölein, der - vielleicht kein Freund großer Worte – will, daß sein greiser Vater freudig ein Kuvert aus dem Briefkasten fischt.

Ming & ich brachen zu einem Dämmerspaziergang auf, und erzählten uns unsere Erlebnisse aus Kassel und Usedom. Kurz vorm Kalgassenende verkirnte sich Ming lebensbedrohlich an einem Apfelstück, so daß er in blinder Panik den Restapfel einfach fallen ließ, so wie er damals in Frankfurt einfach aus dem Zug ins Freie gestürmt ist, nachdem er sich lebensbedrohlich verkirnt hatte, und ihm unser Gepäck im Angesicht des Todes mit einemmale einerlei war.

Oben auf der Fritzibank schwenkte ich die Rede auf den Herwig. „Ist der Herwig enttäuscht von uns Frauen?" frug ich, doch Ming weiß es nicht, und ich malte uns aus, *wie Ming den Herwig frägt: „Was machst du grad?" und sich im selben Moment für diese banale Frage einen Tritt versetzen möchte. Überraschend antwortet der Herwig: „Du wirst louchn, Iwan, aber ich schreib grade ein Buch über die Frauen!"*

Doch schon der erste Satz, den sich der Herwig ausgedacht hat, lässt sich grammatisch nur schwer ausformen: „Keine Nichtfrau wird jemals die Frauen verstehen können".

Einmal ins fiktive Psychologisieren über Cellisten geraten, schwenkten wir schon bald die Rede auf die Dorli, und ich erzählte Ming, wie die zwei Jahre währende „G´schichtn" mit dem Flori sich nun doch so allmählich ihrem Ende zuneigt. Seit zwei Jahren hat der Flori nichts anderes mehr im Kopf als die Dorli, und wenn ihn seine Schwester am Telefon belabert, was er alles machen soll oder was „broblemaadisch säi" problematisch sei, dann vernimmt der liebeskranke Flori nur ein Gurgeln in der Leitung, während seine Hände im Geiste schon Dorlis warme Formen nachtasten. Die Dorli ist aber in letzter Zeit immer gleichgültiger geworden. Da der Flori in ihrer Gegenwart nie so recht weiß, was er sagen soll, hat er letztens sogar die Witze aus der Tageszeitung auswendig gelernt, um als Stimmungs-kanone zu punkten, doch nach der Pointe des ersten Witzes bemerkt er niedergeschlagen, daß die Dorli gar nicht hingehört hat. Aus den Briefen, die er ihr geschrieben hat, hat die Dorli Papierschwalben gebastelt, und sie Richtung Papierkorb schwirren lassen, und eines Tages sagt sie gutmütig: „Geh Flori, finds du net, daß wir uns a bißerl auseinandergelebt haben?" „Nein, nein, nein, nein, nein!" schreit der Flori, weil ihm seine Welt grad in tausend Scherben zu zerspringen scheint.

Wieder daheim angelangt schauten wir durch das große Fenster in die Stube hinein: Der Opa saß im grünen Sorgenstuhl und schlummerte. Die Müdigkeit am Ende eines langen Tages hatte ihn eingemurmelt.

Ich war gerührt und liebte den süßesten Opa unendlich.

Am Abend war der Opa sehr vergnügt. Mindestens zehnmal deutete er auf sein Buch: „Altes Leid neues Lied" und sprach darüber, daß man es drucken lassen müsse, und ob es die Moser vielleicht mache, wenn man Männchen macht?

Ich bot dem Opa an, ein Bad für ihn einlaufen zu lassen, doch der Opa sagte wie alle Tage: „Da bin ich zu müd. Nachher ertrink i!"

„Ich würde mich doch neben dich setzen und dich beplaudern!" versprach ich.

Im Gegensatz zu normalen Enkelinnen, die lieber ihr eigenes Leben führen, scheine ich für den Opa alle Zeit der Welt zu haben.

Ich versetzte mich in alte Zeiten zurück, und erinnerte mich daran, wie wir früher immer gebadet haben: Der Opa fuhr mit dem rosa Wasser-thermometer durch´s Wasser, um die optimale

Temperatur für ein vollendetes Badevergnügen zu gewährleisten.

„Für seine Enkel war ihm die höchste Temperatur grad gut genug!" scherzte ich.

Oben im Ashram las mir Ming eine Tschechow-Geschichte über die Liebe vor. Ming hatte seine appetitlichen bloßen Füße auf den Tisch gestapelt, und besonders anrührend empfand ich´s, daß der dritte Zeh so schutzsuchend an den zweiten angeschmiegt war. Von unten sahen die Zehlein aus wie kleine Pilze am Wegesrand, und ich glaube, der Mensch ist gar kein Einzelner, wie man bisher annahm, sondern eine ganze Galaxie in Menschengestalt?

Ich erzählte Ming noch, wie die Katharina als Geigenlehrerin nie ihre Ruhe hat: Kaum kommt sie Abends fix und fertig nach Hause, da schrillt bereits das Telefon. Die Katharina hofft, es sei vielleicht ihr Freund Dietmar, und ein bißchen Liebesgesäusl sei ohnedies das Einzige, was sie jetzt noch freuen täte.

Doch es ist die Mutter von der Julita, die sich beklagen möchte, daß ihre Tochter keine Fortschritte macht. „Ich finde, sie macht sich!" sagt die Katharina, schüchtern bemüht, das Telefonat rasch abzukadenzieren. „Was heißt „macht sich"?" ertönt´s barsch aus dem Hörer, „wo macht sie sich??"

Dann ruft auch noch die Mutter von der Christiane wegen dem Schülerlandheim an, und pocht darauf, daß man den Unterricht vorverlegen müsse!

Dienstag, 28. September

Trübe. Feuchte fahrende Wolken

Auf einem Zettel konnte man aggressive, stenographische Notizen lesen, die sich der Opa in der Nacht gemacht hat. <u>Heiner!!!</u> stand da zwiefach unterstrichen, so, wie man´s auch hier sehen kann, zu lesen – „Scheidt und Baiersbronn!!!"

Der „Scheidt" ist der betrügerische Verleger aus Freiburg, dem der Opa auf den Leim gegangen ist, und das Haus in Baiersbronn wurde unrechtmäßig von irgendwelchen Gaunern und Erbschleichern usurpiert, so daß es hierfür gilt, gewitzte Anwälte zu bemühen. Eine Aufgabe, die der multipel gehörnte Opa seinem Enkel Heiner auftragen möchte.

Ming, der heut zu einem Konzert mit dem Geldborgensemble in Klosterneuburg aufbrechen mußte, befand sich bereits in Aufbruchstimmung und tippte gar eine Mail an seinen Rivalen George, der seines Zeichens wiederum der Linda Stellenangebote aus „god old germany" (hahahaha)←Worte, wie von den verruchten Lippen einer welken Dame gesprochen - über den großen Teich hinübermailen wollte.

Der süße Ming schilderte dem George seine Eindrücke aus Amerika.

Der Opa schien mir am Morgen grämlich und sagte immer so ungefähr das Selbe, so daß er mir keine große Freude war.

Zum Frühstück schlug ich Ming vor, Hausmann zu werden, und die Linda könne ja die Milliönchen (haha!) anschaffen. (Worte wie vom Böhmert, dessen Briefstil bereits auf mich abzufärben droht)
Doch Ming meint, die Frauen wollten jemanden, den sie bewundern können.

„Nicht alle", wußte wiederum ich. Viele Frauen wollen eher jemanden zum bemitleiden. Plastisch schilderte ich Ming die vielen Verbrecher im Gefängnis, von denen einige eine Verehrerin in Freiheit haben. Verheißungsvolle Briefe über „das Leben danach" werden hin und her gesendet, und am Entlassungstag läuft die Frau schon zwei Stunden vorher vor dem Tore auf und ab. Nach kürzester Zeit wird dann aber das vormals saure Leben erst recht sauer. Wenn er, den man zuvor sicher hinter schwedischen Gardinen wußte, auf einmal ständig daheim rumhockt, und nichts mit sich anzufangen versteht.…

Manchmal sitzt der Opa mit gebeugtem Haupte da, als sei die Zeit für ihn stehengeblieben, so daß man direkt auf seine altersfleckenbesprenkelte kahle Kopfoberfläche draufschaun kann.

Nach einer Weile ist er aber doch zum Milchholen aufgebrochen, und ich holte ihn eine viertel Stunde später wieder ab. Ganz langsam, meinen lieben alten

Opa an seiner warmen Greisenhand haltend, trippelte ich geduldig mit ihm durch´s Dorf.

„Wann is die Mutti g´storbö?" frägt der Opa alle naslang.

Daheim saß ich auf Altenheimbasis mit dem Opa beim ziel- und planlosen Kaffeemümmeln, und spürte, wie das Moribundentum, ähnelnd dem Briefstil vom Böhmert, langsam auch auf mich abfärbt.

„Gell, jetzt kommöt gloi Nachrichtö?" sagte nun auch ich…der Opa hat bald vergessen gehabt, daß wir vorhin schon spazieren waren, und sagte gegen 14 Uhr: „Gehen wir ö bisselö spazierö?" und so liefen wir bis zum Buckel der Kalgasse.

Auf dem Heimweg dachte ich uns etwas aus:

Der alte, gebeugte Opa trippelt mit seinem Stock auf der Kalgassenoberfläche, und plötzlich sieht er in der Ferne einen jungen Spund mit Fahrrad – beim Näherkommen bemerkt der Opa zu seiner Bestürzung, daß er es selber ist: Er als 17-jähriger auf dem Wege nach Spanien….

Da schrillte regelrecht aufgebracht das Telefon.

Es war Ming, der wollte, daß ich ganz schnell nach Wien komme, um ihm seine vergessenen CDs zu bringen. Wie ein Irrwisch räumte und organisierte ich herum. Dreimal kontrollierte ich die Herdplatten nach, und am ärgsten war´s mir, den rührenden kleinen Opa, der mir noch besorgt nachblickte, als ich mich – scheinbar unbekümmert – auf Mings Radl schwang und losfuhr, zurückzulassen.

Mings Rad war mir so unbequem. Gleich beim ersten Bergabfahren stieg ich furchtsam herab und unten im Dorf riss mir überraschend die Bremsschnur. Ich lehnte das Rad an den Bushaltestellenstengel und raste los, und dabei sah mich der Lamberg Rudi vom Auto aus als Rasende, und fuhr mich so nett zum Bahnhof, so daß ich das Bedürfnis verspürte, ihn über und über mit heißen Dankesworten zu begießen.

Ähnlich wie bei einem Verschwundenen lehnt jetzt irgendwo herrenlos mein Rad – das Rad einer Dame.

Das Konzert fand in der braunvertäfelten Dachstube der Kreissparkasse statt, und zuvor saß ich noch im Dom-Café, einer eher düsteren Spelunke, wo ein speckiger, rauchender Österreicher bediente. Ich trank einen Cappuccino, aß einen Käse-Schinken-strudel und las dazu in der BUNTEN über Sonia Kirchberger (?) und ihre Frühgeburt Lee Oskar.

Im Klavierquintett von Brahms saß ich neben Ming und blätterte ihm die Noten!

Ming spielte kraftvoll und erfüllend wie André Watts, und auch wenn ich die erste Hälfte ohne Ming nicht schlecht gefunden hatte, so bemerkte man doch einen gigantischen Qualitätszuschlag, als Ming am Flügel mitmischte.

Das lange Rumgehänge nach dem Konzert, die Frackzusammenrollungsorgien und Witzeleien der Kircherbuben gingen mir leicht auf die Nerven. Ich wollte so schnell wie möglich wieder beim Opa sein, und mein rechter Arm tat mir weh.

In Fritzis Geigenkasten steht ein Bild, das die Daaje gemalt hat: „Für Papa von Daaje" hatte sie so nett geschrieben, und zwei große Herzen gemalt.

In Mings Blut hatten sich durch das schöne Konzert Endorphine gebildet.

Daheim freuten wir uns, daß der Opa noch lebte und guter Dinge war.

Mittwoch, 29. September

z.T. wunderschön – bloß zogen hie und da abdeckende Wolken über uns hinweg

Traum:
Ungläubig blickte man auf einen dünnen, bebrillten Herrn, der sich nach Art einer Schlange, vielfach um einen Wäscheständer geschlungen hatte. "Der Prof. Kebap!" dachten Ming und ich je, der Herr wickelte sich lachend wieder ins Reine zurück, und war dann doch ein Anderer.

Beim Frühstück schaut uns Onkel Döleins jüngster Sohn David aus einem gerahmten Foto zu, und sieht mit seinen makellosen Zähnen aus, als habe er eine Tastatur im Mund.

Mittags wollte der Opa ins Gasthaus gehen, doch das Gasthaus hatte heut Ruhetag.

„Macht nichts, ich weck ihn!" sagte der Opa über den Wirt, Herrn Thurner, und man könnte sich vorstellen, daß sich der gutmütige Thurner vielleicht tatsächlich dazu breitschlagen lässt, den Opa auch am Ruhetag zu bewirten.

„A Schollen!" sauert er seiner Frau zu, weil die halt für die Küche zuständig ist, und Frau Thurner denkt: „Mit dem Mann, der mal mit Blumen um mich geworben hat, hat er eigentlich praktisch nichts mehr gemein!"

Den David hatten wir gegen 14 Uhr, als man vielleicht annehmen durfte, man erhöbe sich drüben in Übersee zum Schulgang – zum Geburtstag angerufen. Ich fand es so rührend, daß der Opa gestern noch drangedacht hatte, daß der David heute Geburtstag hat, und daß er heut tatsächlich anrief, ohne daß ich ihn daran erinnern mußte.

„Daaavid – Däääivid!" brüllte der Opa durch den Hörer. Man hörte aber nur ein Krächzen, und musste ein bißchen annehmen, den postpubertären Jüngling womöglich aus dem Schlaf gerupft zu haben, denn mir tönte nur ein schlaftrunken, testosteröses Jünglingsgekrächze entgegen…

Aber Onkel Dölein tat diese kleine zwischenmenschliche Herzlichkeit sicherlich wohl, da es ja vielleicht ein wunder Punkt bei ihm ist, daß es sich wie ein roter Faden durch Opas Leben zieht, ob ich wohl einen Apfel gegessen habe oder nicht, während ihm seine Enkelin Julie (Döleins Tochter) wurscht wie sonst nur was zu sein scheint!

Opa vor einiger Zeit: „Ach der Döle...hat der ö Tochter? Weiß i gar net!"

Die kleine Selina, das geraubte Baby aus Berlin, ist wohlbehalten wieder daheim. Eine psychotische 22-jährige hatte sie einfach geraubt! Vor zwei Tagen hatte man die weinende junge Mutti im Fernsehen gesehen, und ihr Mann hatte wild auf sie eingebusselt, weil er wieder eine lustige Frau hat haben wollen!

Der Opa war grämlich und stak auf der B-Seite: Den Blick geschärft für das Unerfreuliche und getrübt für das Schöne! Gottlob war ich aber sehr nett. „Oooopa!" rief ich oftmals zärtlich. Doch Opas B-Seite lichtete sich nicht. Als ich ihn so nett frug, ob er vielleicht einen kleinen Spaziergang machen wolle, machte er eine grämliche Bemerkung drum, daß wir das wohl aus Aurich beibehalten hätten, und Buz habe auch immer so einen Spazierfimmel gehabt!

Der arme Opa war gleichzeitig müd und diffus aktiv. Meist rotzte er herum, und man wusste nicht so recht, womit man ihn noch interessieren oder erfreuen könnte.

Dann klagte er am Abend auch noch über ♥schmerzen, und als ich ihm sein Bett noch ein wenig aufplusterte, hätte ich fast um den alten Mann geweint, weil man nie wissen kann, wie oft man ihm das Bett noch aufplustern darf?

Ich erzählte, wie der heilige Petrus fast jeden Tag mit dem HERRN die Liste durchgeht, wer heute wohl geholt werden soll?

„Wie wär´s mit dem Pannonius, HERR?" sagt Petrus alle Tage auf seine beflissene Art, die dem HERRN schon auf die Nerven geht. Der HERR winkt meist fast unwirsch ab und sagt: „Geh, lass mich um Himmels Willen mit dem Pannonius! Den alten Huster wollen wir hier nicht!"

Donnerstag, 30. September

Atemberaubend schön

Einmal sagte der müde Opa auf der Eckbank: „Ach Kikalein! Du bist so lieb…"

Vormittags waren Ming und ich in Wiener Neu-stadt: Ming ließ sich in der Frisierstube seinen Haarbusch hinwegscheren, und eine der Letzten, die ihn noch mit Krönchen gesehen hat, ist die Heidi in der Apotheke gewesen.

Einmal sprach mich ein welkes Sahnehaupt an, das sich Luft über das empörende Betragen vereinzelter junger Menschen machen wollte. Beinah, wenn sie nicht so alt und langsam wäre, wäre sie grad einem

Buben nachgeeilt, der einem alten und buckligen Mann hinterhergespuckt habe!

Bald hätte ich den kahlgeschorenen Ming in der Fußgängerzone gar nicht mehr erkannt!
Ming und ich waren noch ganz lange im Reisebüro. Von der zarten und freundlichen Frau Eckert wird Ming immer so gerne bedient. Diesmal ging´s darum, daß Ming der Linda ihre Europareise schenken will, und vielleicht reist er sogar eine Woche lang mit ihr nach Ägypten? Zum Schluß vertraute uns die mädchenhaft, liebreizende Frau Eckert an, daß sie sich demnächst beruflich zu verändern gedächte: Sie wechselt ins Lehrfach (Religion).

Nachmittags:
Ming saß auf dem Dach, und schrieb einen Dachbrief ans Lindalein.
Ich wiederum joggte und begegnete dem Thurner auf der Brücken. Der Thurner riss eine spaßhafte Bemerkung, daß „das Deimbo zu laangsam sääi!'", weil er wahrscheinlich meine Milchbünker schlackern sehen wollte (unbewußt natürlich.)

Bei Dunkelheit bin ich mit dem Opa beim Milchholen gewesen. Der Opa erinnerte sich, daß er schon soo oft gesagt habe, dies sei jetzt das letzte Mal gewesen, daß er Milch hole – und in der Tat hat der Opa heut das Ziel der Milchholung, nämlich das

Milchholen selber – nicht erklommen. Ich rannte vor ihm her und beeilte mich.

Frau Breitsching vermisste den Opa und schüttete mir viel mehr Milch ein, als nötig, aber es war seltsam, daß der Opa nicht mehr dabei war. Auf dem Heimweg sah ich ihn in der Ferne wie einen dünnen, gekrümmten Scherenschnitt durch die Nacht laufen.

Personenverzeichnis:

Ahrend, Herr, Herr aus Emden (*1954)
Alfonse, (*1933) Lebensgefährte von Veronikas Schulfreundin Ulrike in Baden-Baden
Alfred, Onkel, zweiter Mann von Buzens Tante Marie in Hofgeismar (Geburtsjahr unbekannt)
Amalia, (*1974) liebreizende Pianistin aus Rumänien
Andi, Onkel mütterlicherseits in Blankenfelde (*1949)
Antje, (*1939) unsere (angeheiratete & geschiedene) Lieblingstante in Bonn
Baynov, Herr, (*um 1935) Geigenprofessor in Trossingen
Bea (Beätchen), (*1943) Tante mütterlicherseits in Kalifornien
Binder, Herr, Veterinär in Ofenbach (*um 1935)
Bitze, (*1928) Mutter von unserem Freund Tone
Bloser, Herr, (*1947) mein Klavierlehrer in Trossingen
Bogad, Dr., Hausarzt in Ofenbach (*um 1958)
Böhmert, Jünger vom Opa (*um 1937?)
Bolz, Familie, Familie des Trompetenprofessors aus Trossingen die ein Ferienhaus in Frankreich besitzt
Breitsching, Bauersleute in Ofenbach (*1940/ 1947)
Brigitte, Bekannte in Ofenbach (*um 1943)
Buz, (*1938) unser Vater
Christine, freundliche Schwester vom Niederösterreichischen Hilfswerk
Christoph, (*1965) Meistercellist aus Aurich
Conny, (*um 1960) fromme ehemalige Studentin in Trossingen
Daaje, (*1994) ältestes Töchterlein von unserer Freundin Gerswind (Mings Exe)
David, (*1981) Sohn von Onkel Dölein
Debbie, (*1953) Ehefrau von Onkel Dölein in Amerika
Dölein, (*1936) Lieblingsonkel in Amerika
Dorli, (*1967) Meistercellistin aus Wien
Eberhard, (*1947) Onkel väterlicherseits in Berlin
Ella, (*1913) Omi väterlicherseits

Evchen, (*1959) ehemalige Kollegin von der Omi

Frieda, (*1962) meine Nebensitzerin in der Hauptschule von Lanzenkirchen

Friedel, (*1962) unser Lieblingsvetter

Fritzi, (*1970) Ehemann von Mings Exe Gerswind

Frühwirth, eine Ansammlung an betagten Schwestern in Ofenbach (entzückenden alten Damen)

George, (*1935) Lebensgefährte von Mings Exe Insa

Gerke, Herr, Herr in Murrhardt (Schwaben), der professionelle Violinstunden nimmt. Geburtsjahr unbekannt

Gerswind, (*1964) uneheliche Exe Mings

Girardot, Eheleute, Freunde aus Frankreich (*1928/1938)

Hagi, (1940 – 1960) früh verstorbenes Brüderlein Rehleins

Hamann, (*1935) Celloprofessor in Trossingen

Han-Lin, (*1974) Violinstudentin Buzens aus Taiwan

Hans-Hermann, (*1949) lieber Freund der Familie in Ostfriesland

Hartls, Nachbarn in Ofenbach (Georg und Angela mit ihren beiden Söhnen im frühen Teeniealter)

Hartmut, Onkel väterlicherseits (*1945)

Husch-ins-Bett, Frau, (Spitzname einer Blockflötenprofessorin)

Heidi, (*1964) meine beste Freundin in Ofenbach

Heike, Herr, (*1933) Professor und Komponist in der Eifel

Heiner, (*1962) liebster Vetter in Bonn

Herwig, (*1963) Meistercellist in Wien

Hilde, (*1964) Exe Buzens

Hildegard, (*um 1930) Kusine Buzens in Australien

Himstedt, Eheleute, Eltern von meiner besten Freundin Veronika (*1913/1924)

Ilslein (Ilse), (1913 – 1996) Opas Kusine in Ofenbach

Ina, (*1982) hübsches junges Fräulein in Aurich

Inka, Cellistin (*um 1965)

Insa, Exe Mings (*1965)

Irene, (*1944) Rehleins Kusine dritten Grades in Ofenbach. (Die Großmütter waren Schwestern)

Irma, (*1937) Witwe von Opas Bruder Otto in Kiel

Jenny, (*1975) zweite Tochter von der Tante Bea in Amerika

Katharina, (*1959) Freundin im Schwabenland

Kebap, Prof., (Spitzname) Professor in Trossingen (*um 1953)

Kettler, Frau, (*1947) Telefonfreundin aus Basel

Kionczyk, Frau, (*1919) Nachbarin von Omi Ella in Grebenstein

Letizia, (*1965) Tochter von meiner Tante Uta

Leutz, Mäme, (1908 - 1994) Mutter von meiner Lieblingstante Antje in Bonn

Linda(lein), (*1973) älteste Tochter von unserer Tante Bea in Kalifornien

Lisa (L.), (*1945) berühmte, nichtsdestotrotz äußerst mäßige Pianistin in Wien

Lisel, (*1932) Frau von unserem Onkel Andi in Blankenfelde

Marcel, (um 1970) Cellist aus dem erweiterten Bekanntenkreis

Marfa, (*1992) kleines Töchterlein von Freunden in der Schweiz

Margarethe, (*1970) Freundin in Karlsruhe

Maria, (*1967) Zugehfrau aus Rumänien in Ofenbach

Marie, Tante, (*1908) Buzens Tante

Marius, (*1998) Söhnchen von unserem Vetter Heiner

Martin R., (*1963) Hornist aus der Schweiz

Melanie, (*1966) Frau von unserem Vetter Heiner in Bonn

Ming, (*1964) mein Bruder

Mireille, (*1966) liebe Freundin aus Kindertagen in Frankfurt

Misdling, Jaap, Klarinettenspieler aus den Niederlanden

Mobbl, Omi, (1910 - 1999) Omi mütterlicherseits

Moser, (*1941) Dame in Wiener Neustadt, die dem Opa bisweilen beim Setzen seiner Bücher half

Nanni, (*1948) Tochter von Opas Kusine Ilse in Österreich

Nick, (*1967) junger Cellist

Nicko, (*1957) Spezi und Student Buzens

Nikola, (*1964) Rehleins Kusine und Opas Nichte

Nora, (*1969) Studentin Buzens

Nowak, Omi, (1936-1997) verstorbene Schwiemu von meiner Freundin Ute B. in Rottweil

Ottloffs, ehemalige uneheliche Schwiegereltern Mings (*1940/1942)

Pannonius, Opas Künstlername

Paulette, (*1963) ehem. Schülerin Buzens

Peter, (*1947) Pianist und Spezi Buzens

Petra, (*1971) Studentin Buzens

Poppi, (*1943) wohltätiger Nachbar in Ofenbach

Punkl, Frieda, (*1962) meine Nebensitzerin in der Hauptschule von Lanzenkirchen im Jahre 1973

Rainer, (*1934) Rehleins Bruder in Toronto

Rasinger, Frau, (1936 – 1996) früh verstorbene Bauersfrau in Ofenbach

Rehlein, (*1939) unsere Mutter

Ric, (*1945) Exmann von unserer Tante Bea in Amerika

Rosalie, (*1999) Töchterlein von meiner Freundin Ute B. in Rottweil

Rudolf, (*1966?) begabter und interessanter Bratschist und Komponist aus Amerika

Sascha, Kontrabassist aus Rumänien. Geburtsjahr unbekannt

Schipflinger, Christa, (*1948) Bibliotheksdame in Ofenbach

Sedlak, Erich, (*1947) talentierter und preisgekrönter Autor aus Wiener Neustadt

Simone, (*1975) Studentin Buzens

Sprongl, Rosa, (*um 1905) Komponistenwitwe aus Mödling bei Wien

Stoppelenburg, Herr, (*1943) Komponist aus den Niederlanden

Thurner, Frau, Gastwirtin aus Ofenbach (Geburtsjahr unbekannt)

Tone, (*1962) lieber Freund in Leer/Ostfriesland

Tournebieses, Familie von Buzens Schülerin Marie-Helène (*1979) in Frankreich

Ulrike, (*1945) Klassenkameradin von der Veronika

Uschilein, (*1946) Exe von unserem Onkel Eberhard

Uta, (*1936) Buzens Schwester aus Rom

Uta H., (*1985) Töchterchen von Opas Bekannter „Brigitte" in Ofenbach

Ute B., (*1966) liebe Freundin in Rottweil. Ehem. Studentin Buzens

Veronika, (*1945) unsere beste Freundin in Nürnberg

Yossi, (*1947) Buzens Spezi (Bratscher)

Zimmermann, Heinz-Werner, (*1928) Komponist aus Oberursel. Alter Freund Mobblns

Und weiter geht´s im nächsten Band:
Erscheint am 23. November 2021….